Tango pourpre

Marc Anstett

Tango pourpre
Fiction contemporaine

Réédition de mai 2019

BoD

© 2015, 2019, Marc Anstett
Éditions BoD - Books on Demand
12/14 Rond-point des Champs Élysées
75008 Paris

« L'homme descend du songe »
Antoine Blondin

Prologue

« La logique vous mènera d'un point A à un point B, l'imagination vous emmènera où vous voulez », disait Albert Einstein...

Si mon imagination me pousse à raconter et à écrire, c'est sans doute parce que mes activités de comédien et metteur en scène sont étroitement liées à l'écriture. C'est un processus de création. Le théâtre vient de la littérature et y retourne. C'est une éclosion. Il me faut accoucher d'un mystère enfoui. Pondre mon œuf. Donner vie à ces mondes intérieurs qui voguent en moi, comme autant de navires en partance...

Je suis déjà en mer avec cette métaphore. Mon bateau vogue sur les flots. Je sens la puissance de sa voilure. Une escale inconnue se profile à l'horizon. Ai-je crié « terre » dans ma tête ? Je fais la sourde oreille. Je joue les non-voyants. J'enfile mes œillères comme un cheval craintif. Je résiste. Mais mon voilier file droit sur elle. Il accoste. Je débarque.

Elle se dessine très clairement. Je n'avais pourtant rien demandé à personne. Je la sens sous mes pieds : *l'île de la terre rouge.* C'est ainsi qu'on la nomme. Sans doute parce que ses plages ont de beaux reflets vermeils. À l'intérieur des terres, la fertilité du sol est extraordinaire. J'y découvre des sources d'eau claire à l'énergie vivifiante qui jaillissent de la roche en minuscules cascades, une mosaïque de champs et de cultures, ainsi qu'une belle petite forêt de type tropical. L'île est un grand jardin posé sur les flots. Paisible et accueillant. On pourrait croire à un mirage. Elle est pourtant bien réelle. À partir d'aujourd'hui je vais m'y promener chaque jour. Je vais la sonder. Fouiller ses moindres recoins. L'observer sous toutes ses coutures. Me hasarder à la décrire. Tenter de l'écrire.

Pour l'instant, je l'imagine encore telle qu'elle fut autrefois, au 20ème siècle. C'est un voyage dans le temps et une première approche. Je découvre son peuple. Une superbe mixité qui rayonne par sa richesse et son unité. Un métissage des plus esthétiques. Curiosité parmi tant d'autres, ces insulaires ont développé un art de vivre en communauté inspiré par la danse...

Leur système agricole est adapté à leur mode de vie simple et pacifique. Ils respectent la nature comme ils se respectent entre eux. Parmi les nombreuses plantations qui enrichissent leurs terres, il y a les *cotônas* ; un système de culture associée[1] qui réunit trois plantes. La longue tige centrale porte solidement de grandes fleurs aux pétales évasés qui servent à la fabrication de produits alimentaires, textiles et autres. Elle sert de tuteur pour l'enroulement d'une deuxième plante où germent des pois ou des fèves. Au ras du sol, la troisième plante développe des légumes de la famille des courges. Leurs larges feuilles donnent l'ombrage nécessaire à la terre brune pour qu'elle reste fraîche et humide. Depuis plusieurs générations, ces corolles ocre jaune enluminent les coteaux de l'île. Tout autour, les jardins colorés arborent leur magnifique marqueterie végétale. Par endroits, ils fusionnent avec les bosquets luxuriants qui bordent la forêt. La singularité de ce paysage onirique et son liseré de plages aux reflets roux, en font un paradis du Land art[2]. À vol d'oiseau, *l'île de la terre rouge* dessine un territoire longiligne qui trône royalement entre deux pays très proches. Les quelques ilots satellites qui émergent non loin de là sont comme les fragments épars d'une œuvre en mouvement. C'est un modèle du genre. Au fil du temps, cette insularité hors norme a favorisé son indépendance. On avait longtemps considéré ses habitants comme des individus inoffensifs et malléables à loisir, mais pendant la première moitié des années 50 les insulaires montrent un nouveau visage, poussés par la convoitise des pays voisins qui cherchent à les coloniser. *L'île de la terre rouge* entre dans un long processus d'autodétermination ; sa population s'engage dans une lutte sanglante pour protéger ses biens. En 1969, après des années de combats et de tractations, elle finit par s'imposer aux yeux du monde comme un groupe contestataire qui brandit le droit des peuples à disposer d'eux-mêmes.

Nous voilà à l'aube de l'année 2030. Le temps est passé si vite dans ma tête. En quelques lignes à peine...

Depuis sa création, l'ONU se devait d'être gardienne de la paix et de la sécurité. Or, les intérêts des États sont passés avant les intérêts des peuples. Faute d'avoir redéfini son statut qui n'avait pas évolué depuis 1945, l'ONU s'est trop souvent retrouvée en situation d'échec, par manque de coordination, ou par l'action de ses membres qui cherchaient à faire valoir leurs intérêts. Paralysée par ses limites budgétaires, sa bureaucratie, sa dépendance face aux États est devenue un problème majeur : le non-respect de ses recommandations envers les pays membres n'a cessé de s'amplifier ; les conflits se sont multipliés ; le monde a changé en profondeur, mais l'ONU est restée la même. Les États ont fini par « bloquer » toute réforme, de peur de perdre leur statut et leurs avantages. La mondialisation est devenue hystérique ; les bouleversements technologiques et la géopolitique ont eu des impacts de plus en plus néfastes ; la concurrence s'est durcie. Les lois libérales de l'ordre mondial sont devenues quasi totalitaires...

Dans ce grand puzzle infernal, *l'île de la terre rouge* est restée un micro État indépendant, reconnu et respecté depuis plus de 60 ans. Et jusque-là, la vie y était un subtil panachage. Une modernité toute relative héritée du Continent Ouest à la fin des sixties côtoyait un mode de vie rural traditionnel datant des origines. Les deux tiers des insulaires étaient des paysans. Regroupés au centre des terres, ils cultivaient leur jardin à l'ancienne. La cité comptait aussi une belle brochette d'artisans plutôt créatifs, voire délirants, de nombreux petits commerces originaux où l'on troquait les produits locaux, un vieux parc automobile très réduit et plutôt atypique, intelligemment recyclé et converti au fameux carburant local. Autant vous dire que ces gens très singuliers ne se souciaient plus vraiment des vicissitudes du reste de la planète ; ils n'avaient rien à lui envier. À part quelques échanges de bons procédés qui la reliaient encore aux autres nations et à ses pères, *l'île de la terre rouge* se passait presque du reste du monde — dans mes rêves les plus utopiques. Les deux pays voisins qui rêvaient à ce joli bout de gras depuis des années, avaient sans doute préféré s'accommoder de ce mini État tampon. Chercher à l'annexer aurait risqué de déclencher un nouveau conflit régional.

Mais à présent, l'ère de la globalisation est établie. C'est la règle d'or. Incontournable. L'érosion des frontières redessine les paysages depuis plusieurs décennies et les grands groupes industriels cherchent des alliés. Ils ont un besoin vital de terres cultivables, car la consommation de masse et la course au profit exigent toujours plus de rendement. Dès lors, *L'île de la terre rouge* devient un petit paradis perdu, qui ne peut plus assumer les fonctions d'un État souverain. Face aux convulsions de la nouvelle économie mondiale, à la montée des extrémismes, au réchauffement climatique qui s'intensifie à grande vitesse, ses anciens protecteurs changent leur fusil d'épaule et se disent impuissants. Ce sont les multinationales qui dirigent le monde. Qui ne sait pas ça ?

Voilà - dans les grandes lignes - comment m'est apparue cette île, un matin d'hiver 2014. Ce documentaire en super 8 s'est emparé de mon imaginaire. Il s'est projeté devant mes yeux avec force, tout en me lançant un défi : *l'île de la terre rouge* et son peuple ne demandaient qu'à vivre leur vie, ou à la danser... J'avais tout un bric-à-brac amassé à la galerie *j'farfouille* : un lot de vielles marottes post-soixante-huitardes, un besoin urgent de partage, de folles envies de justice, un véritable souci écologique, un idéal de liberté dans la tête, un beau rêve de paix dans le cœur, plus quelques bribes d'histoires qui traînaient çà et là, au fond de mes tiroirs ou dans un coin de mes souvenirs. Pour couronner le tout, je ressentais un vrai désir ardent de tango, de *milonga*[3] et d'océan.

Il ne me restait plus qu'à essayer d'écrire avec tout ça. Une fable réaliste, une fiction politique, une allégorie, une vision futuriste, un conte moderne et symbolique ? Je ne sais pas. Je voulais laisser courir mon imagination afin de vérifier la citation d'Einstein...

1

À peine ai-je posé le pied à terre que Paul et Luiza m'apparaissent eux aussi. Leur présence sur l'île en fait des témoins privilégiés. Ils ont trouvé un abri de l'autre côté de la colline qui surplombe le port. Une robuste petite maison en pierres de taille et en bois de quebracho. Elle appartient à Paddy O'Brien, vieux pêcheur têtu d'origine irlandaise. Il était lui aussi dans mes bagages et attendait dans son coin, probablement un peu soûl, comme tout marin irlandais qui se respecte. C'est de leur histoire dont il va s'agir ici, pas de la mienne. Je m'éclipse pour leur laisser la place...

On l'aperçoit de loin cette baraque, accrochée de toutes ses forces à ce flanc peu arboré : Paddy a bariolé les volets avec tous les restes de peinture qui ont servi à entretenir son bateau. Vu d'en bas, c'est comme un étendard qui trône et marque une différence. Une obstination. Un cri d'alarme que cet homme bourru lance au voisinage du haut de sa colline personnelle. Sur ce versant-là, la beauté sauvage est encore épargnée et le vieil Irlandais règne en maître. Mais les mauvaises transactions sont en cours ; le statut de l'île vole en éclats ; les lobbys de l'industrie agroalimentaire venus des pays voisins vont s'approprier 75 % des terres en vue d'une exploitation intensive.

Ce plan d'annexion des îles situées le long des littoraux se fera sous couvert d'un projet dit « d'utilité publique ». Après un long préambule qui exposait l'urgence d'une expansion agricole pour les deux continents voisins, et ce malgré les risques encourus, le conseil de sécurité de l'ONU a voté l'occupation de *l'île de la terre rouge* au même titre que les îlots inhabités situés alentour, ainsi que l'abolition de son indépendance. Décision presque unanime. Les grands groupes industriels de la malbouffe sont à présent en droit de mettre leurs affaires en place. Ils vont abattre tous les arbres et picorer ce terreau parcelle après parcelle pour le vider de sa flore originelle. C'est un drame pour les insulaires. Perché sur les hauteurs, Paddy O'Brien se tient prêt. Lui, au moins, il s'accroche, alors que d'autres baissent déjà les bras. De sa maison, il aurait une vue imprenable et pourrait tenir le siège. Mais les aléas du réchauffement climatique s'ajoutent aux autres maux. La pluie tombe depuis plusieurs mois sans interruption. Elle cause de nombreux dégâts. Le point de vue du vieil Irlandais se restreint de jour en jour. Son horizon n'est plus qu'un grand flou panoramique qui fusionne avec les masses grisâtres. Sans aide extérieure, l'île de la terre rouge pourrait sombrer comme un vieux paquebot. Pour les pays voisins, cette situation est une véritable aubaine. Un vieux rêve va enfin se réaliser. Grâce à l'appui d'un génie militaire qui promet l'ordre et la sécurité, les manœuvres d'annexion et les travaux de réaménagement pour la sauvegarde des territoires se feront sous tutelle d'une « action humanitaire ». Cette gigantesque opération n'en sera que plus justifiée et applaudie.

2

Voilà cinq jours que Paul et Luiza sont isolés au cœur de la tourmente. Ils se sentent à l'abri dans cette petite maison au confort très rudimentaire. Plus rien à voir avec les commodités sophistiquées de leur métropole située à dix kilomètres, sur le Continent Ouest. Ici, la domotique électronique ne se charge plus de vous assister dans un quotidien aux aspirations transhumanistes. L'*Homo sapiens* sous pression et dépourvu de mémoire ne parle plus tout seul dans la rue ; il renoue avec son passé. Sur le versant de la colline en contrebas, un groupe électrogène turbine jour et nuit pour fournir l'électricité de base. Cet engin date de Mathusalem et tombe régulièrement en panne. Paul a déjà réparé le moulin plusieurs fois. Il plonge les mains à l'intérieur, traficote un peu et ça repart. Il n'y connaît rien. Il démonte les pièces dans l'ordre, puis les replace dans l'ordre. Un vrai combat, là aussi. En fait, ce ne sont que des sautes d'humeur. Ce moteur archaïque date des années 70. Il a quelque chose de plus humain, de plus organique que ceux issus de la dernière génération high-tech. Il faut l'enguirlander lorsqu'il n'en fait qu'à sa tête. Lui parler d'homme à homme, bien que son recyclage au fameux carburant local le rende plutôt dur d'oreille.

Il y a aussi une éolienne qui pompe une source en profondeur. C'est suffisant pour les besoins courants. Pour le reste, pas de problème : ça tombe du ciel, comme des seaux, jour et nuit. Les réservoirs débordent. L'éolienne plie un peu au vent quand il est au plus fort et que son souffle l'aspire jusqu'à la déraciner. Elle grince des dents, couine de tout son long. Ses pales tournent à toute allure. On dirait un avion qui a le feu aux fesses, prêt à décoller. Il suffirait de lâcher la bride.

Face à l'urgence de la situation, Paul et Luiza ont négocié cet hébergement amical en deux temps trois mouvements. Après quoi le vieux Paddy est parti en mer sans se retourner. Pas même un regard. Il a filé droit sur l'océan, malgré la force des vagues. « Quelques jours de pêche », a-t-il grommelé dans sa barbe broussailleuse, aussi rousse que la plage sous ses pieds. Il va revenir en fin de semaine. Il va récupérer son bien. Reprendre en main son étendard. Faire face au vent et à l'ennemi en dominant la plaine.

Pour Luiza, cette maison a des accents romantiques joliment vieillots. Exactement ce qu'elle aimait autrefois. Elle pourrait y vivre. Y planter son jardin. Y faire sécher son linge et ses bas. Ce serait une guirlande de petits fanions sexys flottant dans l'air marin. En attendant, elle écrit, elle flâne. Elle chante aussi parfois. Des chansons de son enfance. Elle refait le monde en rêvant devant le feu. Elle convoque en secret son enfance insulaire au cœur des *cotônas* et des nombreux jardins. Elle ne semble en rien déstabilisée. Elle profite de ces derniers moments de paix bien à l'abri. Elle évite de penser à la suite, mais se prépare en secret.

Pour Paul, c'est différent. C'est un continental « pure souche ». Il met de la bonne volonté. Il s'adapte. Il assure. Il joue à l'homme des bois. Il ne se rase plus et ne quitte presque plus ses bottes. Il est costaud et travailleur. Il prend en charge les tâches les plus rudes. Il est protecteur et pragmatique. Il est un peu agacé parfois, mais il ne laisse rien paraître. C'est juste une histoire de quelques jours, pense-t-il très souvent pour essayer de se détendre. L'espace nécessaire à un temps de réflexion. Ce refuge isolé en hauteur est le dernier sas avant la véritable « entrée en matière ».

Face à ses petits bougonnements intérieurs, Luiza reste douce et attentionnée. Elle ne montre rien non plus. Elle se colle très souvent à lui, prolongeant *l'abrazo*[4] qui les a unis un jour dans une *milonga*. Qui les soude l'un à l'autre. Parfois, ils « tangotent » ainsi pendant des heures, en silence. Ce n'est pas un vrai tango. C'est juste un bercement sensuel, avec des musiques plein la tête.

Ils viennent de passer ces cinq jours sans mettre le nez dehors, ou presque. Mais aujourd'hui, ils va falloir l'affronter, cette réalité. Cette rencontre avec des insulaires en proie au déracinement. Ce sera probablement un choc. Un rendez-vous avec l'histoire, car il y a péril en la demeure. Cette communauté attachante est ouvertement menacée. C'est tout un style de vie rare et précieux qui va disparaître. Dans la soirée, ils doivent se rendre en ville. C'est un rendez-vous important, dans un lieu qui aurait pu paraître jusqu'ici totalement anodin, du moins pour les autochtones ou les habitués du genre : une milonga. Quoi de plus naturel, sur cette île où le tango est roi depuis tant d'années, porté par des musiques d'une nostalgique beauté qui résonnent sur les flots comme le chant des sirènes.

D'aussi loin que l'on se souvienne, l'île de la terre rouge a toujours été dévolue au tango, à ses rites, à son âme. Ici, tout le monde a toujours dansé, sans exception, avec ou sans chaussures, avec ou sans grâce. Quel que soit son âge. Ici, on a pour habitude de s'initier au tango dès le berceau, au milieu des biberons et des joujoux. Et si l'on s'arrête de danser tout à coup, ce n'est que bien des années plus tard, au crépuscule d'une vie, pour quitter le monde à l'âge des doyens, un peu fané mais gorgé d'histoire. Le tango est inhérent à l'île depuis un peu plus d'un siècle. Il est un cœur qui bat pour elle et un poumon qui la fait respirer. C'est le sens de la vie, c'est le sens de la marche. Ça et les *cotônas*. Sinon, presque rien d'autre.

Les choses se brisent parfois en plein élan, rompues violemment, contrariées à l'extrême, ébranlées dans leur équilibre vital, nous écorchant à vif pour nous laisser choir. Depuis plusieurs semaines, le rouleau compresseur est en marche. L'île de la terre rouge est violée jusque dans sa chair, confrontée au grand bouleversement fondamental ; celui qu'appréhendaient déjà les anciens. Les nouveaux maîtres du jeu sont en train de tout mettre à sac : travaux d'assainissements, alignements insensés, jusqu'à la bétonisation des bords de mer, à l'inverse de tout ce qui se fait presque partout depuis 2016, après les grandes tempêtes qui ont dévoré les côtes de plusieurs pays. S'en suivent des démolitions d'habitats et des expropriations massives. Pour les insulaires, c'est un non-sens, une véritable trahison et un meurtre de sang-froid.

Saccagées par la pluie et contrariées par un vent furieux qui les gifle violemment, les *cotônas* plient à l'horizon. Elles s'affaissent en lourdes gerbes humides sur un sol devenu trop lourd et trop gras. Orphelines d'un monde paysan traditionnel voué à disparaître, abandonnées à leur sort, les corolles perdent peu à peu leur lumière safranée au ras des lignes pourpres qui dessinent la mer. Plus bas, les plages aux reflets roux se gorgent par endroits d'un sang boueux.

Au centre de l'île, dans la cité et dans l'hémicycle de l'ancienne administration, c'est la débâcle. Le petit royaume s'écroule.

Il perd son indépendance légendaire et se liquéfie lui aussi comme la terre sous les eaux diluviennes. Dans cette annexion impérieuse, les multinationales de l'agroalimentaire ont des agents d'influence bien placés qui négocient en sous-main avec des membres de l'ONU. Les vannes sont grandes ouvertes. Les anciens administrateurs sont forcés de passer la main, en échange de belles promesses, ou de quelques liasses de billets insensées qu'on leur jette pratiquement à la figure.

Malgré son statut de micro-État indépendant, *l'île de la terre rouge* est restée ô combien vulnérable... Si au fil du temps, elle a réussi à combattre cette fragilité en investissant tout dans son capital humain, elle a aussi réussi à subvenir à ses besoins en évinçant la croissance obsessionnelle, base incontournable des systèmes libéraux imposés partout. Pour remédier au manque de ressources naturelles, elle a opté pour le développement durable... Elle possède aujourd'hui de façon innée et essentielle, les valeurs du respect, de la diversité et de la convivialité. Mais c'est aussi se retrouver en totale contradiction avec les géants qui l'entourent. Et si jusqu'à présent elle a pu jouir des mêmes droits que les autres nations, elle est restée hantée par cette peur d'être assujettie, tôt ou tard, du fait de sa petite taille et de sa situation géographique, de son pacifisme et de son manque de défense, et surtout de la fertilité d'un sol hors normes, qu'elle a su préserver, mais qui est à présent l'objet de toutes les convoitises. La détermination de plusieurs générations d'insulaires au droit à l'existence, leur volonté farouche de sauvegarder la mémoire et la culture d'un peuple libre et tranquille, vivant en réelle démocratie, tout cela est en train de s'écrouler sous le poids de ceux qui s'imposent avec un cynisme sans précédent.

3

Pour Luiza et Paul, le moment est venu de quitter la colline. Ce qui les attend en ville n'a plus rien à voir avec ce qu'ils ont connu lors de leurs précédents séjours. Ils le savent. Ils sont tendus et parlent peu.

Il y aura d'abord une visite en urgence chez le père de Luiza, malade à en crever. Demain matin, probablement. Il est là, impuissant, avec son mal qui le ronge. Les retrouvailles ne seront pas simples. Il est fortement impliqué dans tous les événements en cours. Et puis ce soir, ce sera le début d'une dangereuse immersion en territoire occupé. Cette milonga n'est pas qu'un endroit où l'on danse. C'est un point névralgique au cœur de la cité. Et ce ne sont pas non plus les *tangueros*[5] habituels qu'ils doivent retrouver là-bas... Dans ces vieux quartiers typiques promis à la démolition, ce sont des combattants. Des résistants. Et parmi eux, il y a Leos.

Pour se rendre en ville, il faut impérativement repasser par le port, or, là-bas c'est une vraie confusion. Ils vont faire le tour de la colline en bateau. La route est trop cahoteuse, à cause des nombreux éboulements de roche et des coulées de boue.
Paddy O'Brien est revenu au petit matin avec des filets presque vides. Est-il vraiment allé pêcher ce poisson devenu si rare ou est-il allé poser des bombes, comme dans ses rêves les plus sombres ? Il reste de marbre et se tient à l'écart. Il rumine dans son coin depuis le début de la matinée en tirant nerveusement sur sa pipe ancestrale. Il a l'air d'une de ces anciennes locomotives qui peine en pleine côte.

Finalement, il accepte de les embarquer dans son rafiot. Mais dans tout branle-bas de combat, chacun voit toujours midi à sa porte. Chose inattendue, il faut le payer en échange du service, après de délirantes négociations. Curieux personnage, que cet homme à moitié sauvage, à la peau burinée, aux mains calleuses et au dos bistré comme le pont d'un navire. C'est un résistant dans l'âme et un très bon danseur de tango, au-delà des apparences. Cet argent si insignifiant jusqu'alors aura eu raison de lui, malgré la beauté de son territoire et la pureté de son parcours.

Après cette virée le long des côtes dentelées et leurs plages de sable roux, le port est là, sous leurs yeux. Il s'impose tout à coup à l'horizon, émergeant de la grisaille humide. Il est assailli de bateaux en tous genres. Le vieil Irlandais les a débarqués sous la pluie et s'en est allé avec son rafiot d'un autre âge. Sa colline l'attend, là-bas, au cœur des embruns, avec une liasse de billets planqués sous son matelas, des bouteilles d'alcool et un fusil bien chargé.

Le malaise est profond, au vu de ce que Luiza et Paul observent sur les plages et sur le quai. Pendant cette semaine passée à l'écart des insulaires, les choses ont dégénéré. À présent, les va-et-vient sont filtrés continuellement. Tous les insulaires sont recensés et contrôlés médicalement avant l'embarquement. Ce sont d'interminables files d'attente. Des milices circulent énergiquement, à l'affût du moindre faux pas. Une ambiance policière s'est installée partout, cadencée par le bruit de lourds hélicoptères qui bourdonnent par intermittence dans le ciel anthracite. Ils ont l'air de gros insectes énervés s'agitant au cœur de l'orage. Contre vents et bourrasques, ces monstres volants hélitreuillent des engins de chantiers, de lourds matériaux et des outils de toutes sortes, ainsi que d'énormes poutrelles métalliques qui flottent dangereusement dans les airs à la manière de grands mobiles. Les soldats du génie les réceptionnent au sol en s'activant dans tous les sens, comme une fourmilière affairée à la tâche.

Le mouvement de la foule est intense. Son énergie vous aspire et vous prend dans ses filets. À peine débarqués, Paul et Luiza sont arrêtés pour un contrôle musclé. Pris dans la masse, ils sont littéralement happés et se font encadrer par un groupe de flics, avec une vingtaine d'autres. Les voilà tous parqués sous la pluie, sans autre forme de procès. Le ton est monté d'un cran. L'occupant commence à montrer son vrai visage. Le temps s'étire, s'alourdit. L'attente est interminable sous cette pluie épaisse qui submerge la terre et les gens.

Voilà bientôt trois heures qu'ils poirotent, assis sur le muret qui borde l'embarcadère, trempés comme des soupes. On va leur rendre leurs badges d'identité. Mais rien n'est moins sûr, au regard de tout ce qui se passe autour d'eux. Après quoi, si on les laisse passer, il leur faudra encore trouver un de ces taxis sans âge pour tenter de rejoindre le vieux quartier où se trouvent les *tangueros*, à 15 km de là.

Encerclés par une bonne dizaine de soudards plantés en rangs d'oignons, Paul et Luiza observent cette grande agitation avec impuissance. La première phase de l'occupation est bien entamée. *L'île de la terre rouge* va bel et bien devenir un pont entre ces deux continents très proches. À peine une cinquantaine de kilomètres à vol d'oiseau, de part et d'autre.

En plein milieu de ce chantier délirant, des groupes d'ingénieurs en tenues de combat haute technologie sont bardés d'instruments de mesure et visualisent les choses en grande pompe. Ils parlent avec grandiloquence, leurs ordinateurs à la main. Une impressionnante robotique de pointe les suit mécaniquement comme des animaux de compagnie. Pour certains de ces techniciens haut de gamme, c'est probablement le rêve d'une vie. L'étape suprême : passage direct Est-Ouest. Non, rien à voir avec ce qu'on a déjà connu ailleurs, au siècle dernier. Ici, aucun mur de briques ni aucun fil barbelé ne sépare les deux colosses, mais dans la tête bien pleine de ces concepteurs sans scrupule, c'est tout comme. C'est un rêve de mondialisation brute et pervertie qui est en marche. On est loin du projet humaniste ou humanitaire. Le côté juteux de l'affaire n'admet plus aucune tolérance, quelle qu'elle soit. L'île va enfin cesser de s'interposer au beau milieu de la marche mercantile de ces puissants agro-industriels, comme elle l'a fait des années durant.

« Cette foutue terre rouge ! » comme elle est nommée maintenant sur un ton bien moins subtil, avec sa culture décalée, son tango intarissable, ses jardiniers têtus et naïfs. Malgré sa farouche volonté d'indépendance, elle n'a toujours été qu'un petit royaume en sucre d'orge. Il n'a tenu jusqu'ici que par la volonté de ses pères et des puissants qui l'enserrent.

Mais le monde a changé. À présent, les enjeux sont de taille et on ne fait plus dans la dentelle. Il faut jeter l'idée marginale de ce micro-État aux oubliettes. La grande alliance entre les deux mastodontes doit être bénie et scellée avec une légitimité sans faille. Les géants vont reprendre le dessus après soixante ans d'appétence. À l'Ouest comme à l'Est, tous leurs grands espaces se meurent. Les terres n'ont plus rien dans le ventre depuis longtemps. Elles ont été sucées jusqu'à la moelle et empoisonnées à outrance. On rasera la petite forêt, on arrachera les champs de *cotônas* et les nombreux jardins, et on remplacera tout ça par une culture intensive de soja. Au nom de l'intérêt général. Ici et sur tous les îlots avoisinants, la terre sera prolifique et lucrative, comme au bon vieux temps. Largement de quoi alimenter les derniers grands élevages de viande encore opérationnels parqués de chaque côté. Tous les nantis auront à nouveau des gros steaks saignants dans leurs assiettes et *l'île de la terre rouge* redeviendra un songe lointain sur la mer. Une sorte de mirage inventé de toutes pièces dans les yeux de pionniers issus d'un autre âge.

Ces petits groupes d'entrepreneurs papotent comme une bande d'affairistes en territoire conquis, indifférents au naufrage de tout un peuple. Dans quelques semaines, cette bande de terre étroite et longue de 250 kilomètres ne sera plus qu'un simple trait d'union entre deux superpuissances. Ce sera la fin d'un monde bipolaire et le début d'une grande alliance politico-financière ; la mainmise sur tout ce qui peut encore servir les desseins de ces sociétés désaxées au service de prérogatives insolentes. Quant aux habitants de l'île, perdus et démunis, ils auront évacué par milliers. De gré ou de force.

4

Luiza et Paul sont dépités : devant eux, c'est l'abandon de tous les biens, de toutes les idées, de toute une vie. Pour les insulaires, il n'y aura aucun refuge acceptable, pas plus à l'Ouest qu'à l'Est, malgré les belles promesses. Il n'y aura que l'errance sur des terres inconnues ; la démission de tout un peuple et le vide d'un avenir corrompu au sein de sociétés qu'ils rejettent. Résignés, ils marchent tous avec lenteur en baissant la tête, trempés jusqu'aux os. On peut lire une profonde tristesse sur leurs visages. C'est un mélange de clans, de familles ou de groupes disparates, qui se mêlent aux ouvriers et aux militaires qui œuvrent tous azimuts. Tout semble participer de concert aux grandes manœuvres de l'organisation diabolique qui vide *l'île de la terre rouge* de son peuple, sous couvert d'une protection bienveillante.

Minés par cette attente interminable dans la tourmente et le vacarme, Paul et Luiza voient enfin réapparaître le flic en civil. Il a surgi d'un coup entre les baraquements en plastique. Les deux bottes plantées dans une flaque, il leur fait signe de se mettre à l'écart.

Après les avoir fixés longuement, le type s'approche de Luiza.
— Perez ? Luiza... Perez... De Consuelo ? Rien que ça ! lance-t-il en auscultant le badge avec minutie. Vous êtes la fille de...
— Oui, répond Luiza sans sourciller.

Son œil droit semble de verre, tant il s'applique à pencher la tête pour mieux vérifier la chose avec son miniscanner, ou pour mieux discerner *la* faille.

Depuis 2020 les passeports numériques affichent obligatoirement la filiation sur trois générations et aucune fraude n'est plus possible. Frustré dans sa quête, il se redresse et reste quelques secondes perplexe, tapotant les deux petits carrés de plastique dans sa main gantée de cuir. Son expression cynique en dit long sur l'étendue de son pouvoir.

— Et lui ?
— Je suis avec elle, répond Paul sans attendre.
— Depuis trois jours, plus personne ne débarque sur l'île. On fait le vide. Vous n'êtes pas au courant ? Regardez autour de vous !
— Nous sommes arrivés la semaine dernière. Pour voir son père...
— Vous logez où ?
— Paddy O'Brien. La colline, là-bas...
— Ce vieux fou ?

Un silence s'installe entre eux. Paul reste imperturbable. D'un hochement de tête, le flic leur signifie l'autorisation de poursuivre et leur rend les badges, visiblement contrarié.
— On vous a à l'œil. Ne vous attardez pas.

Ils sentent bien à quel point ce type tente de faire passer ça pour de l'indulgence. Un cadeau des dieux en ces lieux plus qu'hostiles. Mais le nom de famille de Luiza est à lui seul un laissez-passer. La grave maladie de son père est un « bon » alibi, du moins pour l'instant. Pas de quoi en faire tout un plat. Visiblement, la suspicion obsessionnelle et le flicage constant sont devenus monnaie courante. Un mode opératoire déjà largement répandu, juste pour entretenir la peur et développer la fébrilité. Il leur suffit de regarder autour d'eux. Les insulaires ne sont pas habitués à ce genre d'autorité.

Ne surtout pas jeter d'huile sur le feu. Même avec un père ambassadeur et une personnalité comme la sienne. Luiza reste en retrait, les yeux fixés au sol. Elle a pris l'expression d'une jeune femme parfaitement soumise. Paul cache sa stupéfaction derrière une neutralité à couper le souffle. En temps normal, il aurait éclaté de rire. Le flic gobe cette mauvaise mise en scène sans broncher. Il lâche même un sourire suffisant à l'intention de Paul. Mais Paul reste froid, résistant à la complicité malsaine que ce type tente d'instaurer comme entre deux mâles en puissance.

Enfin libres de leurs mouvements, ils se dirigent vers la place sans se retourner. La crainte qu'à tout moment cet homme ambigu ne se ravise pour les rappeler à l'ordre ne les lâche pas une seconde. Cette traversée du désert a tout d'une partie de roulette russe. Rien ni personne ne pourrait plus les secourir en cas de revirement. Ils marchent en forçant le pas avec cette sensation menaçante qui leur glace les os.

Heureusement, rien ne se passe. Le flic les regarde s'éloigner sans bouger d'un pouce. Il a les yeux fixes et les mains enfoncées dans les poches de sa gabardine. Luiza se retourne vers lui pour un dernier regard sans concession. De loin, l'homme a pris les traits d'une statue balayée par le vent et saucée par la pluie. Il reste imperturbable dans ses bottes de caoutchouc kaki plantées dans l'eau boueuse et rouge qui a transformé une partie des bords de mer en marécage. Sa longue silhouette grise et bleue coiffée d'un grand feutre lui donne les traits d'un personnage sorti tout droit d'une bande dessinée à la Bilal[6]. Après quoi – comme effacé par la main du maître –, l'homme disparaît en un coup de gomme rapide comme l'éclair.

Luiza s'est arrêtée un instant pour calmer les choses et reprendre son souffle. Paul la regarde sans rien dire. La pluie vient de cesser elle aussi, peut-être par empathie ou peut-être par fatigue...

Beaucoup de gens sont perdus au milieu de ce rassemblement disparate. Ils occupent tout le décor de ce marché aux poissons dévasté par les travaux en cours. Parmi eux, des enfants pleurent, trempés jusqu'aux os, des femmes se lamentent, des vieillards cherchent désespérément un peu d'aide. Certains vous saisissent le bras avec fébrilité, ou vous tendent une main tremblante au passage, pour chercher un réconfort. Tout le monde est dans l'urgence ou la désespérance. Paul et Luiza se faufilent tant bien que mal entre les

nombreux paquetages entassés un peu partout. Entre ces gros tas informels, de grands chiens rôdent en liberté avec une excitation maladive. Ils sont suivis de près par leurs maîtres qui observent le comportement de la foule avec défiance.
Visiblement, tout est parti en vrille
L'un de ces molosses renifle les jambes de Luiza qui se fige sur place. Il ne faut surtout pas tenter le diable au vu de sa taille imposante et de ses crocs. Elle reste immobile, fixant Paul avec détresse. Ce gros clébard lui arrive à mi-hauteur. Il s'attarde un peu sur ses cuisses, en fouillant à coups de truffe jusque sous son imperméable.

Son maître s'approche, le visage sculpté par un affreux rictus :
— Vous aimez les chiens, Mademoiselle ?
— Pas spécialement, répond-elle sèchement, sans équivoque.
— Mais lui vous apprécie...
Il la dévisage avec insistance.
Luiza reste muette. L'homme la déshabille du regard sans aucune gêne.
— Vous avez quelque chose d'intéressant à cacher, sous votre imper ? lance-t-il avec un œil vicelard.
Paul s'approche de lui. Le type se retourne aussitôt et lève la tête pour le fixer dans les yeux. Paul le domine largement par sa taille et sa robustesse. Il ne se laisse pas

du tout impressionner par cette espèce de nabot qui arbore un revolver gros calibre à la ceinture.
— Les continentaux sont tous les mêmes. On les repère à cent mètres ! Qu'est-ce que vous faites là ? Vous êtes venus pour faire un tour de manège ? Pour tester *le passage* ? Alors ? L'Est ou l'Ouest ? Les ponts ne seront opérationnels que dans un mois.
— Nous allons en ville, répond Paul avec assurance, tout en jetant un œil complice à Luiza. On nous a déjà contrôlés.
— En ville ? Quelle ville ? Rétorque le type avec agacement. Vous avez plus qu'un train de retard, mon vieux...
— Rappelez votre chien ! lance Luiza avec colère, alors que le molosse commence à étendre ses investigations en grognant.

L'homme rappelle son chien d'un coup de sifflet aussi sec qu'un coup de trique.
— Il semble vraiment avoir un gros béguin pour vous, Mademoiselle... Perez !

Luiza, surprise, reste de marbre.
— C'est bien vous, non ?

Une véritable tension nerveuse s'installe entre eux, sous cette pluie énervante qui recommence à tomber et qui ruisselle sur leurs visages. L'homme la fixe sévèrement.
— Il ne faut pas rester ici. Un conseil : dégagez ! Vous et votre... compagnon d'infortune. La prochaine fois, Oscar pourrait

bien vous bouffer tout cru tous les deux, sans faire de différence !

Satisfait de sa blague, l'homme lâche un rire tonitruant. En se détournant d'eux, il baragouine quelques mots salaces à son affreux clébard qu'il prend fermement par le collet, puis disparaît.

Paul a ravalé sa rage.

— Ils veulent juste nous faire peur... dit-il en prenant Luiza par la taille.

— Tu crois ça...

— Ils savent qui tu es.

— Mais bientôt, tout le monde sera logé à la même enseigne.

— Viens, ne restons pas là...

Luiza a le visage défait. Elle ne digère pas du tout cette histoire. Elle n'a rien contre les chiens, mais son salopard de maître lui a glacé le sang. Paul la serre contre lui et la réchauffe. Ces premiers contacts ont été éprouvants. Ils ont passé une bonne partie de l'après-midi sous la flotte. Dans une ambiance survoltée.

— Ce n'est qu'une bande de sales brutes épaisses ! Lâche-t-elle entre les dents.

— Mais on est passés.

— Sales connards. Fachos !

Ils se dirigent enfin vers la ville.

Dans le vieux centre de cette cité agreste en totale mutation, le monde du tango est passé sous haute surveillance. La puissance de ses convictions en fait un noyau dur qui n'est pas du goût des nouveaux occupants. Le groupe de *tangueros* que Paul et Luiza vont retrouver est bel et bien en train de générer un mouvement de résistance. Ils sont cantonnés dans une grande bâtisse à l'abandon. Cette centaine de danseurs aguerris n'est pas faite du même bois que les autres insulaires. Ils sont bien décidés à sauver les meubles, coûte que coûte. Pour eux, il est hors de question de quitter l'île.

Calés au fond d'un de ces taxis du siècle dernier, Paul et Luiza font route vers la cité à tombeau ouvert, à l'image de deux fugitifs poursuivis par une meute enragée. La milonga se trouve dans le quartier des pêcheurs, ultime refuge de ces *milongueros*[7] rebelles. Là-bas, personne n'est dupe : les flics savent parfaitement ce qui se passe et où ça se passe. Tout va très vite. La mécanique est déjà bien huilée. La permissivité dont bénéficient ces insoumis tient plus du sursis que d'autre chose.

Cette saleté de flotte crasseuse recommence à s'abattre avec force et semble ne plus jamais vouloir s'interrompre. C'est un énorme robinet qui fuit, qui rend fou et humidifie jusqu'à l'os. Pendant cette descente en trombe en direction de la ville située en contrebas, leurs regards se sont figés à l'extérieur, chacun à sa fenêtre, essayant tant bien que mal de déchiffrer ce triste paysage brouillé par la pluie qui crépite autour d'eux. Les trombes d'eau fouettent le parebrise et la carrosserie comme des volées de bois vert. Leur martèlement incessant résonne bruyamment dans l'habitacle. Le taxi n'est plus qu'une coque de noix au milieu des flots. Paul et Luiza devinent les premières maisons. Le décor de la ville oscille entre les fragiles réminiscences de son passé et la triste réalité ambiante. La voiture s'engage dans une rue étroite. Cette course effrénée dans la tempête s'interrompt à la suite d'un mordant coup de frein du chauffeur qui se lâche tout à coup en marmonnant quelques jurons du bout des lèvres.

À présent, ça n'avance plus. C'est l'agitation, le vacarme. Ça klaxonne dans tous les coins, à s'en briser les tympans. Ils ne sont pourtant pas des milliers. Quelques dizaines tout au plus. Mais la voie n'est pas bien large. Le taxi est coincé. Le chauffeur ne va pas tarder à abandonner sa course en pleine rue... Voilà, le type est déjà sorti de sa voiture, comme beaucoup d'autres. Il a coupé le contact et il est sorti. Ce petit bonhomme d'origine asiatique s'est abrité sous son grand parapluie noir et regarde à gauche, à droite, tendant le cou au-dessus de la file de voitures à l'arrêt, légèrement contrarié, mais avec la

tête du type qui connaît toutes les ficelles du métier. Il évalue la situation d'un œil aguerri, sans broncher. Il va bientôt partir sans laisser d'adresse, en baragouinant une phrase en chinois. Il va les planter là, sans même troquer quoi que ce soit en échange de sa course. Ils le savent, ils ont déjà observé ça dans le passé. Ici, quand c'est bloqué, c'est la règle : il y en a pour des heures, alors les gens descendent de voiture et continuent à pied en laissant le marasme sur place. L'eau est encore montée de l'autre côté. Route inondée. Impraticable. Depuis quelques années, le phénomène est récurrent. C'est l'une des nombreuses conséquences du dérèglement engendré par le réchauffement.
Cinq minutes après cette démission générale, la plupart de ces autochtones se sont regroupés dans la dernière épicerie communautaire du secteur. À croire qu'ils n'attendaient que ça pour échanger les mauvaises nouvelles. Ils discutent par bribes, à l'abri de la pluie et des regards, sans jamais hausser le ton, en attendant que le niveau de la mer redescende à l'autre bout.

À l'intérieur de la boutique, les étalages sont vides. Bien que démunis au sein de cette ambiance pesante, ils ne montrent pas la moindre affliction et se regardent en chiens de faïence entre chaque phrase. Par moments, comme pour rompre la monotonie de ces échanges au compte-gouttes, l'un ou l'autre jette un œil dehors, en vrai professionnel, histoire de voir si la cuvette est en train de se vider, comme un évier après débouchage. Cela fait partie de cette culture locale pacifique et visiblement en bout de course. Comme si rien ne pouvait plus les briser davantage. Ils se refilent ça depuis quelque temps déjà. Sauf que là, c'est de pire en pire. Leurs vieilles bagnoles bourrées à bloc d'affaires en tous genres trônent sous la pluie comme des carcasses issues d'un autre monde.

Cette apathie et cette insouciance chroniques ont largement contribué à la mise en place du chantier qui commence à dévorer l'île sous leurs yeux. Leur ancien petit « gouvernement » n'était déjà plus en mesure de réagir après les premiers coups de semonce. Maintenant, il n'a plus aucun appui. Ni de l'ONU, qui est devenue un grand machin mou qui vote ses résolutions au débotté, ni de sa petite police ridicule, et encore moins de l'insignifiante « armée » qui doit compter une trentaine d'hommes à peine.

Pendant l'élaboration de leurs plans, les nouveaux gestionnaires ont pris soin de graisser généreusement la patte à cette très aimable petite administration en fer-blanc. Ils leur ont fait miroiter un avenir serein à l'abri du besoin. Ces troupes d'apparat obéissent maintenant au doigt et à l'œil. C'était couru d'avance. Beaucoup d'insulaires avaient déjà baissé les bras face à la toute-puissance étrangère, restant fidèles à une politique de non-agression qui s'était mise en place à la suite d'une indépendance gagnée dans un combat acharné et sanglant.

Aujourd'hui, la grande majorité des habitants de l'île n'a plus la fougue, ni la force, ni l'obstination de ceux qui les ont précédés. Au fil du temps, bercés par l'illusion d'une autogestion bienfaisante et pérenne, ils se sont endormis sur leurs lauriers. Ils vont payer chèrement le confort de leurs idées humanistes et de leur style de vie marginal face à l'ambition de ces lobbys en marche vers le pouvoir.

Dans le camp des combattants, il ne reste que le groupe de *tangueros* du quartier des pêcheurs. Mais pour l'instant, cette poignée d'irréductibles se tapit dans l'ombre avec ses musiques, ses danses et ses rituels centenaires.

5

Luiza et Paul sont sortis de la voiture. Ils regardent le chauffeur et tous les autres s'en aller en abandonnant tout sans piper mot. Ce petit carrefour n'est plus qu'un imbroglio de carcasses métalliques immobiles sous une pluie tambourinante. Pendant la nuit ou la matinée, chacun finira par récupérer son bien dans le plus grand calme. Au petit matin, tout sera à nouveau fluide. C'est à se demander s'ils sont conscients du temps qu'il leur reste. Difficile à comprendre, pour un continental trop matérialiste et si souvent stressé. Par chance, le chauffeur les a largués juste au coin de la rue où se trouve la *milonga*. Elle n'est plus qu'à quelques centaines de mètres. Après la confusion sur le port et les embouteillages pendant cette descente aux enfers, c'est le désert. Plus un chat. Pas même une ombre. Ici, les choses ont une longueur d'avance. Ce secteur-là est déjà totalement laissé pour compte.

D'après ce qu'a écrit Leos, ce quartier a été vidé en un temps record. Ils ont tous assisté impuissants à la fin du rêve. Une partie est déjà démolie, les arbres ont disparu et les engins automatiques viennent de commencer l'élargissement des voies.

Les planteurs de *cotônas* d'aujourd'hui ne sont plus les militants d'autrefois. Ce sont de doux poètes dans l'âme. De braves jardiniers pacifiques. Des philosophes de la vie quotidienne et des danseurs de tango après le travail. Leur ville s'est construite en douceur, en épousant leurs besoins naturels, dans la convivialité et le partage.

Pour eux, ce qui est en train de se mettre en place dépasse l'entendement. C'est une hérésie scientifique. Si toutes leurs habitations sont regroupées au centre de l'île et qu'aucune construction n'a jamais été effectuée sur les bords de mer, c'est pour que les plages puissent vivre leur vie librement, au gré des vagues. Le sable rouge a toujours pu circuler avec les mouvements marins. Il s'en allait dans le bleu des flots et revenait incessamment, même si ce n'était pas toujours au même endroit. Il était en parfaite symbiose avec les ondes produites par l'océan. Tout comme son peuple, l'île changeait de forme régulièrement sans jamais perdre ses racines profondes.

Depuis quelque temps, sous les effets du réchauffement climatique et de ses nombreux prolongements, le sable se disperse et s'en va au loin, définitivement. *L'île de la terre rouge* se fait grignoter par les tempêtes, chaque année un peu plus, car si les ouragans sont moins fréquents, par contre ils s'aggravent. Les plans de réaménagement et d'aseptisation veulent mettre un terme à ces bouleversements. La bétonisation des bords de mer voudrait figer la terre à jamais et garantir sa stabilité. C'est tout l'écosystème qui en mourra. L'histoire naturelle de cette terre et de ces gens, ainsi que leur goût prononcé pour un bonheur simple, tout va passer à la trappe.

Des milliers d'entre eux sont partis sans se retourner, persuadés d'une fin imminente. Le ferry a triplé ses allers-retours, bourré à bloc, jour et nuit, les nouveaux gestionnaires n'ayant pas fait dans la demi-mesure. Conjointement à l'annexion, le *deal*, c'est l'accueil de tous les insulaires sur l'un des deux continents « au choix ». Ils ne sont qu'une poignée par rapport à la masse de tous ces migrants venus d'ailleurs qui meurent en mer ou qui débarquent chaque jour, et qui eux, par contre, sont refoulés sans ménagement.

Abandonnés à leur sort et parqués dans les camps d'accueil de leur nouvelle « mère patrie », les planteurs de *cotônas* attendent la suite des événements sans broncher. Sur *l'île de la terre rouge*, dans de nombreux secteurs de leur cité en perdition, des dizaines de maisons vides trônent comme des fantômes. On ne retrouve plus rien ni personne. Déconcertés par cette vision apocalyptique, Luiza et Paul filent à grandes enjambées entre les façades grisâtres de ce quartier typique. Il n'y a pas si longtemps, une vie intense animait ces rues à l'agonie. En fin de journée, elles fourmillaient *d'aficionados*[8]. On vivait dans l'énergie humaine et bienveillante des milongas. Ce quartier comptait de nombreux points de rendez-vous privilégiés pour les musiciens et les danseurs après une journée passée en pleine nature. À présent, dans cette petite artère presque sans vie, on voit surtout des bâtisses défigurées par l'eau et le vent. La plupart des boutiques ont mis la clé sous la porte. Les vitrines sont en deuil. Triste témoignage de la nouvelle histoire en cours. Tout s'est arrêté comme une vieille pendule. On se croirait sur la *Costa Brava* – à une époque plus proche de nous, lorsqu'elle n'était pas encore inondée par les eaux – dans l'une de ces villes-dortoirs qui ne vivaient que quelques mois pendant la saison estivale et qui redevenaient des villes mortes le reste de l'année.

Paul et Luiza marchent à pas rapides, sous cette pluie cinglante et poisseuse qui porte en elle toute la poussière de ces démolitions colossales. Dans cette petite ruelle sombre et déserte, les trottoirs sont encombrés d'un amoncellement de gravats détrempés qui semblent pourrir là depuis plusieurs jours.

Ce n'est pas la peur qui leur presse le pas. Ni la pluie. C'est la force et la magie de ce quartier hautement symbolique qui continuent d'opérer, malgré la déliquescence. Une foule de souvenirs leur reviennent en mémoire. La milonga ne se trouve plus qu'à une cinquantaine de mètres. Dans ce grand vide, c'est un appel vertigineux. Un cri lancé par une nuit sans lune. Totalement surréaliste, mais nécessaire. Ils sont transportés. Rien ni personne ne pourrait plus les arrêter à présent. Ils sont déjà dans leur tango, dans sa puissance, son obstination, sa résistance. Excités et impatients, ils cadencent instinctivement leurs pas au cœur du grand ruissèlement qui s'abat avec force sur le bitume. Aucun mot. Aucun regard l'un pour l'autre. Tout s'accélère, à l'image d'une course contre la montre. Leur urgence et leur complicité s'expriment uniquement dans un condensé d'émotions intérieures. Tout se mêle à la friture des gouttes.

Au milieu du vacarme de l'eau, des bribes de musique s'échappent de leurs cœurs ouverts l'un pour l'autre : pour lui, c'est D'Arienzo[9] : *Andate por Dios*, chanté par Jorge Valdez[10]. Pour Luiza, sans doute un truc comme *Che Bartolo*, d'Astor Piazzolla[11], avec son orchestre typique[12] en 1947, ou *Chau Pinela*, joué par le sexteto de Carlos Di Sarli[13] et chanté par Ernesto Fama[14]. Cela donne tout de suite le ton de ce qui martèle dans leurs têtes, alors que l'excitation grandit à mesure qu'ils descendent cette rue éventrée et morcelée par les chantiers, comme deux marcheurs fonçant dans la nuit. Ils ressentent la même chose. C'est un sentiment encore plus puissant de le sentir et de le savoir sans avoir recours au moindre signe extérieur pour se l'exprimer. À l'image du tango lui-même, ils vivent l'un de ces moments intenses où les pas vous emportent et où la parole est vaine.

6

La milonga indiquée par Leos se trouve au bout de cette folle virée nocturne, à l'autre extrémité de la rue.

C'est un lieu inhabituel. Dans la noirceur de ce quartier sans éclairage, des types sont regroupés sous un porche bordé de gouttières qui dégueulent leur trop-plein. Ils fument des clopes à l'entrée. On dirait des lucioles. Des vers luisants dans la nuit. C'est une gesticulation de braises rougeoyantes papillonnant dans la fraîcheur de l'air, au milieu d'un nuage de fumée et de brume. Ce ne sont pas tous des insulaires. Dans l'ombre du porche, on entend leurs voix rocailleuses lâcher quelques phrases.

L'un d'entre eux caricature un pas de tango au milieu des flaques, suivi d'un rire collectif et d'approbations énergiques. Lorsque Luiza s'approche, les rires cessent sur le champ. Le groupe s'immobilise et forme un mur devant elle. L'un de ces types craque une allumette. Elle les devine mieux à présent. Ces ombres la scrutent de la tête aux pieds. Droit de passage oblige. Elle ne distingue aucun visage. Le gars s'avance et lui susurre un mot à l'oreille. Luiza lui répond de même. Ils se sont reconnus. Ils ont l'air de négocier rapidement, avec un petit ballet de têtes qui s'ajustent, se croisent, acquiescent, comme avec un mot de passe.

Paul est resté en retrait. Il fixe cet homme sans visage avec détermination. Il est aux aguets, dans la posture d'une bête sauvage prête à bondir au moindre pépin.
Finalement, le type les laisse monter. Luiza devance Paul avec une agilité sans faille. Tout à sa mesure.

À l'étage, l'électricité fonctionne encore. Le palier est éclairé par une de ces anciennes ampoules qui pendouille au bout de son fil. Le contraste est fulgurant. Ce petit espace est bondé de gens qui discutent. Ça bourdonne comme un essaim d'abeilles affairées à la ruche. Ils sont une cinquantaine de personnes serrées comme des harengs en caque. C'est un brouhaha de murmures incompréhensibles. Rien de tout ça n'était imaginable de l'extérieur.

Luiza et Paul passent presque inaperçus. C'est à se demander d'où ils sortent tous. Ils ne reconnaissent personne. Difficile de se frayer un passage. Ils sont tous dans leur univers. Et personne ne daigne se bouger d'un centimètre pour leur faciliter l'accès. Pendant une seconde, Paul a en tête l'image de ces drôles de milongas où la ronde ne tourne pas ! Où chacun fait sa petite cuisine en se fichant pas mal des autres. Une tendance qui s'est généralisée partout sur le continent, ces dernières années. Ils sont invisibles. Ignorés dans les règles de l'art. Trempés et transparents. Deux mollusques égarés dans un panier de crabes ! Aucun ami en vue. Juste quelques anciennes connaissances, plutôt vagues, ainsi que des enfants devenus adultes, ici et là, et une petite poignée de continentaux aussi, des Espagnoles, un Turc et un Français...

L'électricité dans l'air. Le bourdonnement des voix. Ils sont sur une autre planète. Ici, tout se passe impunément, au nez et à la barbe du nouveau pouvoir. Luiza croise le regard de ces jeunes hommes aux visages sombres, concentrés, à l'affût du moindre détail, de la moindre vague. La tension est à son comble.

Deux femmes mesurent Paul discrètement par quelques œillades habilement orchestrées. Il reste un moment immobile, les observant lui aussi d'un coup d'œil rapide à travers le groupe de silhouettes qui bloquent le passage. Leur retenue est une façade. Il le sait. Une carapace. Tout le monde est sur ses gardes. Il sent leurs cœurs battre derrière l'armure et rythmer ces instants dérobés. Tout semble arrangé à son intention. Il se sent pourtant comme l'intrus, dont il vaudrait mieux se méfier. Curieuse ambiguïté.

Du haut de son 1,85 m, il envoie à l'une d'entre elles un regard plus appuyé, sorte de réponse fortuite. Il tente de se fondre dans ses yeux de velours noir. Cette belle insulaire le fixe intensément pendant deux trois secondes puis l'évite à nouveau, d'un battement de cils éloquent. Il espère bien la retrouver tout à l'heure. Peut-être suffira-t-il d'un autre regard, d'un petit signe de tête, afin qu'ils dansent ensemble... Ce silence entre eux a été trop bavard. Même si pour l'instant, tout semble compromis : pas le bon moment ; espace de danse inac-

cessible. Il imagine les insulaires qui dansent de l'autre côté, là-bas, derrière cette petite foule de gens. Ils forment un mur d'où s'échappent des bribes de mélodies à peine audibles, évadées de la pièce voisine comme des secrets inavouables.
La femme vient de disparaître. Paul la cherche un instant, en portant son regard au-dessus des têtes. Luiza observe du coin de l'œil cette petite torsion du cou qui place Paul bien au-dessus de la mêlée, le nez pointé en avant. Elle comprend ce désarroi. Surtout ici, dans ce lieu presque irréel, où chacun se voit poussé dans tous ses retranchements.

Paul est dérouté. Dans le monde du tango, lorsqu'un contact s'établit avec une telle intensité, rien ne doit lui faire obstacle, pense-t-il. Ce serait tellement bon au cœur du grand chaos. Ce serait l'îlot dans l'île. La respiration apaisante, profonde et nécessaire... Tôt ou tard dans la soirée, cette rencontre se fera, pense-t-il. Au pire, elle se fera une autre fois. Mais elle se fera un jour, dans un lieu moins tendu, peut-être, s'il en existe encore dans ce quartier. Chose assez improbable. Ou peut-être sur une terre qui aura repris le dessus, qui ne sera plus en train de vivre ses dernières heures, coincée entre deux mondes qui prennent la forme d'un étau...

Il est déjà arrivé à Paul de retrouver certaines danseuses des semaines, des mois, voire des années plus tard. Juste après un regard. Un désir de fusion que chacun porte en soi comme un secret d'alcôve, qui s'installe et vous relie au-delà du temps et des endroits. Quelque chose qui au tango, échappe à tout contrôle. Qui doit y échapper. Oui, mais tout ça, c'était dans une autre histoire, pense-t-il soudainement.

Paul s'est perdu dans ses pensées un instant, malgré le bruit tout autour et l'inconfort de ce palier exigu...

Luiza le rejoint et l'entraîne dans son sillage avec une volonté à toute épreuve. Ils traversent cette masse enveloppante sans plus se perdre de vue. Comme d'habitude, Luiza est une anguille, fluide et élégante au milieu de la mêlée. Paul a du mal à suivre. Il a toujours eu du mal à suivre. Dans les histoires d'amour, il y en a toujours un qui aime plus que l'autre. Il la suit envers et contre tout. En venant ici, il a pris ce risque — le mot n'est pas trop fort —, car ils sont en train de basculer dans l'irrationnel en intégrant ce groupe de rebelles. Mais depuis que Paul vit avec Luiza, il n'est plus un continental comme les autres. Une part d'insularité a germé en lui. Pour lui aussi, cette terre est devenue indispensable. Il savait que Luiza aurait ses « entrées » ; que ça leur faciliterait les choses, comme sur le port avec ce flic en civil, mine de rien. Et même devant le porche, en bas. Il n'avait rien imaginé à l'avance. Il voulait voir ça de ses propres yeux. Être ébranlé dans ses certitudes.

Luiza était bien connue sur *l'île de la terre rouge*. Mais elle n'y était pas revenue avec Paul depuis des années. Leur tango était devenu presque secondaire : emploi du temps hypercomptabilisé... Mauvaise ambiance dans les milongas du continent. Manque de motivation. Ils avaient dansé ici si souvent autrefois, lorsque les choses étaient normales. Luiza avait fini par y revenir seule, deux trois fois, alors que Paul restait accaparé par des dossiers fastidieux. Elle était revenue pour voir son père, déjà gravement malade, mais aussi pour prendre la température, à la suite des premiers évènements. Son père avait su l'aiguiller discrètement. Elle avait eu de nombreux échanges avec Leos. Elle le connaissait depuis sa plus tendre enfance et leurs retrouvailles avaient un sens profond, à chaque fois. Un excellent danseur. Un *maestro* comme on aimait dire sur le continent. Toujours aussi charismatique, d'après les descriptions de Luiza.

Durant son dernier séjour en solitaire, elle s'était violemment disputée avec son père au sujet des choix à faire en cas d'occupation. À son retour sur le continent, elle avait eu une discussion difficile avec Paul : un dangereux diktat allait bientôt assujettir une population devenue docile... La majeure partie des insulaires prévoyait un retour désespéré vers le continent tandis que des groupes de résistance tentaient de s'organiser... *L'île de la terre rouge* entrait en état d'urgence...

À présent, pour Paul, il n'y a plus aucun doute. La démesure et la déraison des grands groupes industriels n'aura aucune limite. L'argent sera roi.

Ils se faufilent et découvrent les lieux avec une énergie qui les électrise de la tête aux pieds. Cette « milonga » est le dernier bastion. Une force singulière flotte dans l'air. Le sens profond de ce regroupement se lit sur tous les visages. Leos avait évoqué « des descentes de flics de plus en plus régulières et de plus en plus musclées ». Tôt ou tard, il faudrait s'attendre au pire.

La circulation sanguine de Paul augmente à chacun de ses pas. Il est dans le sillage de Luiza qui slalome en esquivant tout avec une grâce naturelle, comme un hors-bord filant sur l'onde. Ils quittent bientôt le palier et abandonnent cette petite marée humaine pour passer à l'intérieur. C'est d'abord une bien curieuse cuisine, encombrée de meubles et de chaises empilées jusqu'au plafond, puis un long corridor tapissé d'affiches d'une autre époque. Ils se perdent dans l'irréel et dans les abysses du temps. La musique guide leurs pas jusqu'au bout de cette sorte de boyau aux accents clandestins.

C'est une immersion en eaux profondes qui les coupe du reste du monde : ici, c'est le noyau dur et tout n'est plus que tango. Uniquement tango. La musique et la danse envahissent l'espace dans ses moindres recoins ; elles densifient l'air en leur donnent toute la teneur de l'instant : c'est *Farol,* de Pugliese[15]. Luiza et Paul entrent en apesanteur. Sensation d'ivresse absolue. Ils n'avaient plus ressenti ce genre d'émotion depuis si longtemps. Le temps s'est arrêté.

7

Ce grand appartement a été vidé de son contenu, comme beaucoup d'autres dans le quartier. Chacun a emporté ce qu'il a pu et ici, il ne reste presque rien. Les traces d'une autre vie, par endroits. Les restes d'un nid plutôt confortable et abandonné à la hâte. Spacieux. Haut de plafond. De beaux parquets en bois. Dans la pièce principale, des rectangles aux murs révèlent que des tableaux furent accrochés là des années durant. Ils auront tous été emportés avec le reste, probablement dans la frénésie d'une course échevelée, ou bien aveuglément détruits dans l'urgence...

Le regard de Paul est attiré par une photographie collée à même le mur. Une jeune femme expressive. Elle sourit légèrement. Son visage est porté sur le côté, à l'attention de quelque chose ou de quelqu'un qui se situe hors cadre et qui semble la surprendre ou la troubler... Pourquoi cette photographie est-elle restée sur ce mur ? Luiza le rejoint et se colle dans son dos, tout près, la tête sur son épaule. Son souffle chaud sur ses omoplates. Sa main qui effleure la sienne. Son ventre contre ses reins. Ils baignent dans leur chaleur commune. Leur connexion s'intensifie. Leurs corps vibrent sur la musique, tandis que leurs pensées se perdent dans cette petite photographie jaunie par les ans.

« C'était une danseuse de tango assez connue », lui chuchote Luiza dans le creux de l'oreille. « Élisabeth F. de Vercelli[15], une jeune femme originaire de Budapest et mariée à un riche Italien qui possédait des mines de diamants et plusieurs casinos, au siècle dernier. »

Ils restent un instant l'un contre l'autre, à observer cette jeune femme qui semble tout à coup leur parler, les inviter à la rêverie de cet autre monde, de cet instant furtif captivé par le déclic d'un appareil photo, à la sauvette sans doute, lors d'une soirée. On peut apercevoir des danseurs au fond, derrière elle.

Au bas de la photo, écrit en espagnol :
Buenos Aires, janvier 1929, mes 23 ans...
« C'était la meilleure amie de ma grand-mère », chuchote Luiza d'une voix émue.

Paul reste subjugué par la beauté de ce port de tête, de cette nuque délicieusement éclairée en contre-jour. « Le photographe avait un vrai talent. Il avait l'œil. Il était probablement amoureux d'elle. Un artiste amoureux devient d'emblée un maître », répond-il, le regard plongé dans l'image.

Luiza le sort de sa rêverie pour l'entraîner un peu plus loin. Quelques personnes se tiennent dans la pénombre, sans un mot. D'autres dansent avec une passion peu commune. Tout est tamisé. Savamment énigmatique.

Cette milonga est à l'écart de tout regard parasite, à l'abri derrière d'épais rideaux en bien piteux état. Extrême précaution, dans ce quartier qui semble pourtant déjà abandonné de tout, à cette heure tardive où aucune âme ne circule plus dans la nuit noire... Ils auront été les derniers rôdeurs ou les ultimes retardataires le long de cette ruelle déserte encombrée de nombreux gravats... Leur échappée soudaine des embouteillages et leur marche sous la pluie sont déjà loin. Ils se sont fondus si rapidement dans cet espace isolé du monde. Plus rien n'existe à l'extérieur. Ils sont au cœur de la chose.

Dans sa dernière lettre, Leos écrivait à Luiza :

« Depuis que notre vie harmonieuse et le tango qui nous porte n'ont plus leurs places naturelles sur l'île, une nouvelle forme de milonga s'organise. Ce sont des foyers de résistance. Nous sommes peu nombreux, mais il nous faut danser chaque jour, même par la pensée. Arrachés à notre berceau nourricier, nous restons profondément enracinés dans la terre qui nous porte grâce à nos esprits rebelles et nos corps en mouvement. Pour nous, ce n'est plus seulement un combat pour la liberté, à l'image de celui mené par nos aïeuls. C'est une nouvelle histoire qui commence. Celle d'une lutte pour notre survie, envers et contre tout. »

8

Autrefois, Luiza et Paul restaient sur l'île quelques jours, une semaine, parfois plus longtemps. Ils oubliaient tout le reste, au point d'en être déstabilisés à leur retour sur le continent. Pour Luiza, c'était une nécessité absolue de renouer régulièrement avec la terre de sa naissance, ses habitants et son tango. Pour les insulaires, elle faisait toujours partie du clan. Un séjour sur le terreau de son enfance n'était pas qu'un dépaysement complet : c'était un retour aux sources. Cela n'avait rien d'une récréation bobo sur une île paradisiaque au sens où on pourrait l'imaginer à grand renfort d'images d'Épinal. L'île n'était pas non plus le siège d'une utopie renforcée par les idées hippies ou les premiers mouvements écologiques issus des années 60-70. Ici, personne ne s'était jamais senti cobaye d'une expérimentation politique. *L'île de la terre rouge* était un magnifique exemple de communauté réussie. Elle remettait l'humain en harmonie avec son environnement. Elle redonnait au temps la fonction indispensable au mûrissement des choses. Elle octroyait aux hommes la force et le désir de bâtir l'équilibre indispensable à la pérennité. Elle n'était ni une illusion ni un idéal construit sur les défaillances ou les désillusions d'une poignée de revanchards. C'était quelque chose de foncièrement réel, d'authentique, de profondément naturel, avec des règles bien spécifiques et surtout un respect de la vie et du partage qu'on ne trouvait plus ailleurs depuis longtemps.

Dès leur plus jeune âge, tous les enfants portaient sur leur visage les signes de cet épanouissement au contact des éléments naturels, dans un système où c'est bien la société tout entière qui était au service de l'école, et pas l'inverse. C'était un privilège de pouvoir séjourner sur l'île et il n'était pas donné à tout le monde. Le pouvoir et l'argent des continentaux n'y avaient aucune valeur. Ici, on s'acquittait par son travail, sa participation, ses compétences ou sa science, ses engagements et son militantisme, dans les jardins par exemple, ou dans les activités liées à l'entretien des bords de la forêt ou de la cité, ou plus simplement en troquant des objets qu'on avait apportés avec soi ; en aidant les habitants dans leurs tâches quotidiennes, comme ils le faisaient naturellement entre eux. On devenait insulaire à part entière le temps du séjour. Les vacanciers n'y trouvaient pas leur compte.

Ce système avait généré une sorte de sélection naturelle qui éliminait d'office les indésirables. Quant aux fraudeurs qui parfois débarquaient en douce sur l'une ou l'autre plage, ils étaient aussitôt réexpédiés chez eux, presque *manu militari*.

Lorsque Luiza et Paul arrivaient en ville, leur point d'encrage habituel et privilégié, c'était cette grande bâtisse au coin de la rue haute, qui était une maison communautaire. Une *maison nid,* comme on les appelait sur l'île. Il y en avait une bonne vingtaine dans la cité et chacun était libre d'y vivre ou pas, ou d'y être par intermittence. Celle-là était « tenue » par une très vieille dame, ancienne chanteuse d'origine portugaise. Lorsqu'ils arrivaient, Paul proposait d'emblée ses services en cuisine et personne ne s'en plaignait. Il mitonnait de bons petits plats et c'était des heures de travail mine de rien, car de nombreux insulaires se regroupaient autour de la grande table afin de goûter à ses expériences culinaires. Luiza s'occupait aussi du jardin, parfois du service, ou s'affairait à d'autres tâches plus importantes... Mais rien n'était jamais figé dans ces activités. Les choses changeaient tout le temps et chacun mettait la main à la pâte.

Ils étaient devenus très populaires tous les deux, peut-être à cause du mariage improbable entre une insulaire et un continental. La vieille les câlinait comme une mère et pour Luiza, cette affection maternelle réveillait toutes les choses qu'elle avait enfouies au fond d'elle et qui renaissaient le temps du séjour. Quand Paul prenait la vieille dame dans ses bras pour quelques pas de tango, il faisait au moins cinq têtes de plus qu'elle. Il avait l'air d'un géant et elle d'une petite poupée de porcelaine. Mais sa danse était exquise, extrêmement musicale, avec de jolies ornementations malgré son âge et son arthrose. Elle chantait aussi quelquefois, des tangos ou du fado, pour se remémorer son grand amour perdu au cours d'une traversée et d'un de ces ouragans tragiques qui avaient ravagé les côtes au cours de l'année 2020.

Cette *maison nid* est désertée, comme le reste. Sa façade ne résiste pas plus aux assauts du vent et de la pluie que les derniers petits immeubles qui ruissellent et s'effritent à ses côtés. Madame Pinto s'en est allée elle aussi, pour rejoindre son homme et se perdre avec lui dans les limbes. C'est mieux comme ça. Elle n'aurait pas supporté la situation actuelle. Elle serait morte deux fois plutôt qu'une.

À cette époque, l'île de la terre rouge était l'endroit idéal pour danser un tango digne de ce nom. Cette terre était une véritable réserve à la mode *tanguera,* surtout pour des gens à la recherche d'authenticité. Elle avait fini par s'imposer, mine de rien, faisant cavalier seul, comme une grande, depuis tant d'années. Elle avait développé finement sa microéconomie en se basant sur les lois naturelles et sur un modèle communautaire anormalement « juste » au regard des systèmes continentaux individualistes. Ses traditions autour du tango et ses nombreux jardins en auraient fait un magnifique lieu de curiosité. Mais c'eût été « donner des perles aux pourceaux » et risquer de voir débarquer des continentaux venus ici comme la fête foraine, avec des envies de barbe à papa.

Les insulaires restaient sur leurs gardes. Le statut de l'île la rendait souveraine et elle ne manquait jamais de clamer haut et fort son droit à la liberté et à l'indépendance. Elle était une preuve magistrale d'équilibre face au délitement des démocraties dites modernes. Elle en était fière. À ce titre, elle était aussi visitée par des groupuscules militants beaucoup plus radicaux ayant pignon sur rue et en lutte depuis la fin des années 60.

D'année en année, l'île de la terre rouge avait réussi à démontrer pacifiquement aux géants de la planète que la mondialisation était une illusion du grand capital. Que l'avenir était au monde alternatif, écologique et solidaire. Que la réelle utopie était de croire à la croissance exponentielle. Par sa perspicacité, elle fourvoyait ses détracteurs tout en les poussant à tirer la sonnette d'alarme. Elle encourageait les peuples à un retour aux petits États nations ou à des systèmes de régionalisation beaucoup plus humains. Elle réanimait cette capacité des hommes à faire un pas de côté au sein des systèmes normatifs. Mais c'était aussi se mettre en danger face à la toute-puissance des grands monolithes qui se partageaient la planète bleue. Et en ce sens, elle avait commencé à signer son arrêt de mort bien avant l'heure.

Dès les années 80, des fêtes étaient régulièrement organisées sur l'île, notamment pour honorer la récolte des *cotônas*, deux fois par an. C'était l'occasion pour les insulaires de célébrer cette mère nourricière, de vouer un culte à l'intelligence collective et de perpétuer leurs traditions autour du tango. Personne n'arrivait plus à expliquer de façon rationnelle pourquoi cette danse originaire des bords du *Rio de la Plata*[16] avait atterri là, ni pourquoi elle était devenue si populaire et incontournable. Un petit groupe d'Argentins s'était-il réellement égaré sur les flots en tentant de fuir la crise économique de 1929 et la « décennie infâme »[17] ?

On raconte qu'ils auraient accosté sur l'île pour ne plus jamais repartir, éblouis par la beauté du lieu, sa biodiversité et son potentiel humaniste. C'est ce que marmonnent toujours les anciens avec une curieuse étincelle dans leurs yeux et c'est aussi ce qu'on lit sur les visages de nombreux descendants.

Aujourd'hui, près d'un siècle plus tard, une partie du passé s'est perdue, mais la véracité du présent s'impose : le tango a joué lui aussi un rôle fondamental dans les relations humaines, au même titre que le reste. Il a été une école du comportement social, de l'harmonie du groupe. Une école de la générosité et de l'amour, du sens de la communauté et de l'unité humaine. Il a été l'un des éléments fondateurs indissociables de l'évolution de ce peuple et de sa manière de vivre. Pendant ces célébrations bisannuelles, des danseurs accouraient en nombre, des deux continents, mais les insulaires veillaient au grain : le tango qui se dansait sur l'île était emblématique de leur manière de vivre. Ils appréciaient la richesse de ces échanges avec les continentaux, à partir desquels leur danse s'était aussi construite, mais ils ne devaient pas se laisser pervertir pour autant par certains tangos issus des continents voisins. Car là-bas, à la fin des années 90, on avait développé de curieuses pratiques dans de drôles d'endroits. Ces lieux ressemblaient plus à des salles de gymnastiques qu'à des milongas. Ils étaient peuplés d'athlètes et d'acrobates en tous genres qui se bousculaient au portillon autant que sur la piste. Tout cela semblait répondre à une culture de la performance et de l'apparence. Rien à voir avec la danse qui se pratiquait sur *l'île de la terre rouge*. Ici, aux confins de l'océan, le tango faisait corps avec la terre. Et quand un insulaire dansait, il dansait sa vie.

9

Leos vient d'arriver. Il se tient sur le pas de la porte, immobile. Paul est anxieux. Luiza en parle toujours avec une telle admiration. Un rien démesurée. Il a très souvent senti des zones d'ombre. Ça fait trois ans qu'il ne l'a pas revu. Il se sent presque désarmé en le voyant devant lui. Leos est aussi grand que lui, très fin, basané, le visage buriné. Il a la soixantaine passée, maintenant. C'est plutôt insolite : l'île est en pleine débâcle, mais Leos porte un costume marron à fines rayures et ses cheveux sont gominés et tirés en arrière, dans le style de l'âge d'or[18.] Il entre sans dire un mot, se déplaçant avec une aisance naturelle, presque sans bruit.

Les retrouvailles avec Luiza sont émouvantes. Leurs étreintes fermes sont elles aussi silencieuses et révélatrices de leur complicité. Elles évoquent un passif qui ébranle Paul puissamment.

Leos ne reste pas aveugle. Il se sépare de Luiza et accorde à Paul une accolade ferme et chaleureuse en le fixant d'un regard franc. Paul sent chez lui une force indicible. Quelque chose qui transpire dans toute sa silhouette. Une signature magnifique dans sa carrure et les traits de son visage laissant transparaître toute son histoire, sans même qu'un seul mot ne soit prononcé.

Ils sont allés tous trois s'asseoir à l'écart, dans cette curieuse cuisine encombrée de chaises et de meubles entassés en vrac. C'est un rituel qui s'installe entre eux. Leos les regarde avec un visage grave, un verre à la main. Paul et Luiza se servent un verre eux aussi. Leos finit par rompre ce silence en s'exprimant très lentement, pesant chacun de ses mots.

Il a toujours ce drôle d'accent et une voix très abîmée.

— La lumière des *cotônas* s'est éteinte. L'île s'est vidée de son sang. Son poumon ne respire plus au rythme du tango. On ne reconnaît plus rien. C'est un véritable choc frontal.

Paul et Luiza restent silencieux à le regarder ruminer dans la pénombre de ce petit espace clos, suspendu entre ciel et terre.
— Ils ont tout raflé, poursuit-il entre deux gorgées rapides. Le pouvoir, les terres, mais surtout notre liberté. Et insidieusement, notre danse. Cet espace si intime.
Le vrai cœur. La source.

Il boit avec voracité, serrant son verre avec force entre ses doigts.
— Le quartier des pêcheurs a perdu son âme. Après avoir confisqué nos champs, ils s'en sont pris à nos lieux de danse, les uns après les autres. Pas seulement à cause de leurs projets démentiels, mais aussi à cause de nos regroupements. Ils n'ont pas perdu de temps, les salauds. Ils veulent anéantir notre mode de vie. Leur rapidité d'intervention nous déstabilise. On n'a pas le temps de réfléchir. Nos facultés intellectuelles sont annihilées. On s'organise à la sauvette, dans un secret tout à fait relatif. On est la dernière milonga du quartier. Tout le monde s'est regroupé ici. La plupart d'entre nous n'ont plus de logement. Ils squattent ici, dans les étages. Quelques appartements sont encore à peu près fonctionnels. En partant, ces braves insulaires n'ont emporté

que le strict minimum. On vit dans leur décor. On a l'impression de prendre la place du mort. Ça n'est pas très glorieux, mais on s'entraide comme on peut et comme on l'a toujours fait. L'eau va bientôt manquer. C'est un vrai problème. Les sources naturelles sont inaccessibles ; ils vont bientôt couper l'alimentation en ville ; l'eau de pluie n'est pas propre dans les réservoirs, il y a trop de saleté partout. Mais il ne faut pas perdre la face. Nous devons rester dignes. Nous devons rester propres, élégants. Et surtout unis et déterminés.

Paul et Luiza restent sans voix.
— Ils jouent notre vie aux dés et ils nous mentent. Bientôt l'île de la terre rouge ne sera plus qu'un immense flotteur artificiel, une gigantesque réserve de soja transgénique entièrement automatisée.

Luiza, comme hypnotisée, ne quitte plus Leos des yeux. Paul a du mal à croiser son regard. Il a la désagréable sensation de ne plus exister pour elle depuis que Leos est entré dans la pièce. Luiza a ses secrets. Il les a toujours respectés. Ce n'est vraiment pas le moment ni le lieu pour chercher la petite bête.
— L'île, le tango, les *cotônas*, la forêt, tous ces jardins... c'est notre vie, notre sang, notre philosophie. Et le tango qui s'est développé ici est notre épine dorsale. C'est

une chose dont nous avons besoin au même titre que l'air que nous respirons, la nourriture que nous mangeons. Luiza, toi qui as vécu ici, tu le sais très bien.

— Leos... je n'ai rien oublié.

— Tu sais bien à quel point le tango est nécessaire et même indispensable à notre survie. C'est un aliment plus que le reste. Sans lui, nous mourons. Ils ne peuvent pas comprendre. Comment pourraient-ils comprendre ? Au vu des intérêts qui sont les leurs. De leur quête insensée. Si nous nous accrochons à cette terre comme des acharnés, si nous continuons malgré *tout ça,* si nous continuons à *danser,* on nous prendra d'abord pour de doux dingues ou de vrais malades mentaux. Des marginaux complètement détraqués. Et finalement, à la longue, notre tango deviendra un combat idéologique. Un combat comme il ne l'a jamais été dans toute son histoire, ni ici, ni ailleurs. Et un acte de rébellion à part entière.

Luiza le fixe de son regard sombre.

— Alors c'est ce que vous comptez faire... lui rétorque-t-elle.

— Nous n'avons plus de projet viable ici. Nous ne sommes plus assez nombreux pour faire la révolution et nous ne voulons pas d'une lutte armée. C'est contre nos principes. Ils le savent. L'île va être métamorphosée. On ne pourra pas revenir en arrière. Alors nous allons résister jusqu'au bout. Résister en dansant jusqu'à plus soif. Parce qu'on n'arrête pas un peuple qui danse.

Leos avale son verre d'un trait.

C'est un danseur chevronné et ce soir, son costume prend les traits d'une armure flamboyante. Cette île l'a vu naître au moment de l'indépendance, en 1969, ainsi qu'une bonne partie de sa famille, de ses amis. Cette situation est un cancer qui le ronge et le détruit violemment. Dans cette communauté, on n'a pas grandi avec l'idée que la vie pouvait être plus vaste qu'une île sur l'océan. Qu'on se devait de voir le monde pour évoluer. On n'a pas non plus le souvenir d'une enfance volée par le militantisme de ses parents, comme c'est arrivé ailleurs. Au contraire, ici, le repli est resté mesuré, constructif, créatif et pleinement salvateur. Il est un rejet de ce monde où le mode de vie ne met plus les humains en avant, mais les rend esclaves.

— Ce n'est pas difficile d'aller juste en face, poursuit Leos. D'un côté ou de l'autre, peu importe. D'y vivre. Cinquante kilomètres à vol d'oiseau pour rejoindre... le paradis artificiel. Ce qui est difficile, c'est de laisser toute cette réalité derrière soi. De partir et de faire comme si elle n'avait jamais existé. Luiza sait parfaitement dissimuler ses émotions. Elle a cette expression que Paul peut reconnaître entre mille, lorsque la douleur est de la partie. Il y a aussi dans son œil noir, celui de la guerrière en éveil. Son visage s'est durci tout à coup. Leos est en train de réveiller ses vieux démons.

Il se lève et regarde par une petite lucarne et écartant prudemment le rideau.

— Au début, on a été agressés verbalement... Ils nous mettaient en garde à longueur de temps... On ne rentrait pas dans le moule... Il fallait faire face à une violence de plus en plus palpable, à des contrôles continuels, des vérifications d'origine, ils nous épuisaient... Et puis, ils ont confisqué nos maisons une par une et maintenant, ils les rayent de la carte... Notre tango va forcément devenir une arme. C'est la dernière chose qui peut encore nous maintenir debout. Qui peut nous maintenir ensemble. Qui *doit* nous maintenir ensemble. Nous ne possédons plus rien d'autre... Mais quand tu danses, tu peux t'offrir le luxe d'être toi.

Leos se sert un autre verre.

— Cette pluie n'en finit pas de nous glacer les os. La boue colle à nos chaussures. Tout devient poisseux. Irrespirable. Le nouveau climat s'installe et menace l'île jusqu'à l'intérieur des terres. Je ne vois pas ce qu'ils veulent faire avec tout ça. Je ne comprends pas. Ils ont peut-être inventé de nouvelles technologies... Ils ne sauront pas soigner et respecter cette terre comme nous avons su le faire. Elle sombrera au fond de l'océan. Leur système agricole va tout couler. Ils ont déjà rasé plus de la moitié des arbres. C'est insensé. Sans les arbres, rien n'est plus possible. Mais ils s'en fichent. Si ça ne marche pas, ils iront ailleurs. Les peuples asservis ne manquent pas sur la planète. Avec la crise au début des années 2010, on aurait pu s'attendre à une révolte générale, à des soulèvements. C'est l'inverse qui s'est produit, presque partout. Des peuples entiers ont baissé la tête ou l'ont enfouie dans le sable. Il y a un déni de démocratie qui flotte à chaque coin de rue. Ils peuvent prendre leurs aises, ils se sont approprié les choses et les gens en moins de temps qu'il ne faut pour le dire. La pression est à son comble. Une vraie poussée de fièvre. Une peste noire.

Aux dernières nouvelles, ils ne nous laissent plus qu'un cinquième des terres. Ça vient d'être voté à l'ONU, à 57 %. Presque la moitié s'est abstenue. Une toute petite poignée a voté contre. Et après, ils nous laisseront un dixième des terres. Et peut-être moins. Et puis plus rien. Pourquoi s'arrêtaient-ils ? Par pitié ? Par scrupule ? Par humanisme ? Ils ont tous les appuis nécessaires. Des gouvernements à leurs pieds. Leurs constitutions n'ont pas été

écrites pour des gens comme nous, elles ont été écrites pour pérenniser leurs profits et leur pouvoir. Nous, nous sommes des affranchis, depuis longtemps. Mes parents se sont battus dans ce sens, toute leur vie. De toutes leurs forces. Les tiens aussi, Luiza.
— Ma mère s'est usée dans ce combat. Elle a fini par en mourir.
— Oui, je sais...
— Quant à mon père, il vient de lâcher prise. L'indépendance était un leurre.
— Ton père est trop vieux et il est très malade. Il y en a d'autres qui baissent les bras plus facilement. Hier, de nouveaux groupes ont rejoint les continents voisins, en baissant la tête. Philippe, Armel, Peter, Yuri, et même Dénia... Je n'ai rien pu faire pour les en empêcher. Pourtant ils sont jeunes, eux. Ils auraient l'énergie nécessaire. Ils pourraient se battre pour tout reconstruire. Mais ils rêvent du continent, maintenant. Ils pensent que ceux qui s'acharnent seront pris au piège comme des rats. Le bateau coule et les rats quittent le navire...

Leos leur montre quelques personnes qui discutent, un peu plus loin, à travers l'encadrement d'une porte entrouverte.
— Ce sont eux qui organisent le regroupement de ce soir, ce n'est pas moi. Je me sens trop dans le collimateur des flics.

Eux, ils n'éprouvent aucune peur. Ce sont des militants comme autrefois. Enragés jusqu'à l'extrême, radicaux, très discrets et bien organisés. Et je sais qu'ils iront jusqu'au bout. Leur tango est devenu rebelle parce qu'il reste fermement ancré dans nos traditions et nos valeurs, qu'il s'est construit pas à pas avec cette terre. Quand on les voit danser, on reconnaît toute l'histoire de notre lutte. Elle transpire dans chacun de leur pas. Si leur tango doit mourir, si tout notre idéal doit mourir, ils mourront eux aussi. Mais ils ne mourront pas sans résister.

Luiza fait quelques pas et se rapproche de Leos, qui est resté près de la fenêtre, à observer dehors, comme un guetteur sur ses gardes.
— Et toi... dans tout ça ?
— Je ne sais pas encore... murmure-t-il sans se retourner, comme s'il se parlait à lui-même. Je suis fatigué, épuisé...
— Mais peut-être pas encore assez pour avoir envie de mourir.
Leos continue à regarder dehors et marmonne avec une petite nervosité :
— Il y a mille façons de mourir. Ce qui compte, c'est de trouver le moyen de vivre. C'est ça la différence. Ici, Dieu n'existe pas. Ce sont les hommes et les femmes qui existent. Ils sont adultes et responsables. Alors c'est bien que tu sois là, enfin, je

veux dire, tous les deux, que vous soyez là. Même si ce combat n'est pas le vôtre.
— Ce combat est le combat de tout le monde. De tous ceux qui nous ressemblent. N'oublie jamais ça. Je fais toujours partie de cette terre. De cette communauté. Nous sommes du même sang. De la même sève.

Leos se retourne brusquement.
— Alors pourquoi es-tu partie ?
Un grand silence s'installe entre eux.
Paul tente d'estomper ce malaise en étant plus pragmatique.
— Pour l'eau, on a une solution, lance-t-il avec aplomb. On en a autant qu'on veut sur la colline. Les réservoirs débordent. Elle est potable. Il y a aussi l'éolienne. Il faudrait y aller en voiture, avec suffisamment de jerricanes. Luiza et moi, on pourrait en ramener régulièrement. Vous ne pourrez pas tenir sans eau.
— Oui ... On peut faire ça... On verra... répond Leos, évasif.

Luiza et Leos échangent un regard intense alors que leurs bouches semblent se mesurer en silence. Paul le reçoit comme une dague en plein cœur. Il se détourne pour les laisser seuls et fait quelques pas en direction des danseurs. Luiza le cherche du regard, mais n'insiste pas. Elle a cette expression de détresse, la même que sur le port, pendant l'épisode du chien. C'est le genre d'expression qu'elle n'avait jamais auparavant. Elle se sépare de Leos et va vers Paul qui la regarde avec tristesse. Leos s'est approché de la petite lucarne pour continuer à surveiller dehors avec un regard fixe.

Paul et Luiza sont en train de prendre la réelle mesure des choses. Ce groupe d'insulaires ne tiendra pas longtemps. Ils n'ont aucun soutien. L'île est sous haute surveillance. Personne ne peut plus y débarquer. Il y a bien quelques manifestations sur les continents voisins, mais les gens ne militent plus vraiment. Dans le meilleur des cas, le système politique les a endormis et dans le pire, il les a dressés les uns contre les autres. Quand les choses dégénèrent, c'est facile de trouver des coupables. Autrement, la plupart des gens qui vivent près des côtes continentales sont des nantis, avec leurs maisons éponges, leurs cités lacustres, leurs résidences amphibies. Ils se servent et profitent de tout ça. Même dans le pire des cas, il y en a toujours qui arrivent à en profiter. Nombre de petits États dans des régions reculées du monde sont la proie de spéculateurs. *L'île de la terre rouge* n'échappera pas à la règle.

On ne s'oppose pas à l'intérêt des multinationales ni aux spéculations boursières. Les nombreuses mininations indépendantes qui ont poussé comme des champignons depuis 2020, avec le redécoupage de l'Asie, l'explosion de l'Afrique, l'éclatement de l'Europe, sont devenues des bastions qui bloquent la marche libérale de ces industries générant du profit sur le dos des peuples, au nom de la modernité. *L'île de la terre rouge* reste un point stratégique dans cette géopolitique maladive, comme de nombreux autres petits territoires de ce genre. Et à ce titre, elle n'est pas qu'un terreau fertile à moindres frais. Elle demeure une monnaie d'échange indispensable entre les puissances qui l'enserrent, chacune étant garante de l'autre dans cette course au pouvoir et au profit.

10

Paul observe devant lui. Ces *tangueros* sont en train de brûler toute d'énergie vitale qui coule dans leurs veines. Leur danse est on ne peut plus sensuelle, électrique, intense. Elle est aussi aliénante au regard du temps qui passe et les condamne à court terme. Leur ronde a pris les traits d'une célébration tribale, par l'extraordinaire puissance qu'elle dégage, la chaleur humaine quelle diffuse. Dans ces conditions extrêmes, isolés comme ils le sont, ces gens ne pourront pas continuer à lutter sans fléchir.

Luiza voudrait s'engager à leurs côtés, elle voudrait alerter le reste de la planète, faire son métier de journaliste, si c'est encore possible, poussée par cet idéal insulaire qu'elle porte en elle depuis l'enfance. Elle voudrait se battre comme une lionne, crier sa haine du fric et du pouvoir ! La cracher à la figure de ces imposteurs. Elle n'avait que dix-huit ans en 2003, lorsqu'elle a quitté l'île brutalement après la mort de sa mère. Elle en porte encore les cicatrices, mais n'en parle toujours pas. Paul ne saura jamais vraiment quoi dire à ce propos. Trop de choses se mélangent. « On ne peut pas se mettre à la place d'un autre », dit-elle souvent d'un trait sur un ton presque hostile lorsqu'il la pousse dans ses retranchements. Ça coupe court à toute discussion. Ils ont fini par faire un pacte. Ils n'en parlent plus. Plus jamais. La vie de Luiza commence après ses 18 ans, sur le continent. Le reste est son jardin secret, à l'image de l'île de son enfance. Au début, Paul a eu du mal avec ça. Après presque trente années passées en métropole, à essayer tant bien que mal de trouver sa place, Luiza ne vit pas une seule journée sans penser à l'île. La mémoire de ce peuple profondément humain est inscrite dans ses gènes. Mais ce qui est aussi gravé, c'est le lourd tribut à payer pour tous ceux qui demandaient peut-être la lune, mais n'avaient qu'une seule quête : un bonheur simple et partagé.

Luiza porte tout en elle. Son tango est un miel qui la nourrit et la relie à cette incroyable histoire. Il fait partie de son corps. Il niche dans chaque pore de sa peau. Dans chacun de ses cheveux. Elle le ressent jusqu'au plus profond d'elle-même. Lorsqu'elle est sur la piste, c'est une émotion évocatrice qui la porte, qui élève sa danse jusqu'à son plus haut niveau, qui la débarrasse de ses maladresses pour la rendre pure et passionnelle. À l'image de cette lutte qu'elle pourrait mener ici.

« Fais attention à ce que tu danses, car ce que tu danses, tu le deviens » dit-elle souvent. Et elle rajoute parfois « et ce que tu deviens, tu le danses... »

Paul s'accroche, autant qu'il peut. Mais c'est un continental. La vérité des insulaires lui échappe toujours un peu, malgré sa volonté et son engagement. Quant à Leos, c'est un danseur d'exception. Il porte lui aussi dans chacun de ses pas, l'émotion, la force et le parcours de plusieurs générations de *tangueros* et d'îliens. Ce qu'il partage avec Luiza est indescriptible. Parfois, cette complicité les déchire et réveille en eux de vieilles rancœurs. Que deviendrait leur danse, si elle finissait par prendre l'image du désespoir ?

Leos et Luiza sont assis dans la cuisine, l'un en face de l'autre, étroitement complices. Paul se tient un peu plus loin, à l'écart. Pour rien au monde il ne troublerait cette union profonde qui les relie comme des jumeaux ou comme les doigts de la même main. Il entend son cœur battre fortement dans sa poitrine. Le battement de son sang monte jusqu'à ses oreilles et tambourine dans ses tempes. Il a le souffle court. Quel que soit le combat dans lequel Luiza pourrait s'engager avec Leos, Paul la suivra. Elle le sait et elle l'attend, parce que dans les histoires d'amour, il y en a aussi toujours un qui guide plus que l'autre. C'est de cette façon que se construit leur marche et leur parcours au milieu des autres, avec les autres. À l'instar de leur tango, l'un se charge toujours de conduire l'autre à un moment donné. Il la suivra sans même qu'elle n'ait besoin de prononcer le moindre mot en ce sens.

11

Paul s'est assis dans la pénombre. Tout lui paraît tellement irréel. Il boit et se perd dans ses pensées. Il se souvient. Il était encore à l'autre bout du continent. C'était ses premières années de droit, en 2006. Il naviguait d'une activité à l'autre à l'affût d'une petite étincelle. Il fallait rallumer la foutue flamme chancelante d'une vie monotone et solitaire. Il était passé à peu près par tous les stades : tai-chi, dessin, cours de théâtre, d'œnologie, de cuisine, chorale... Il avait fini par ne plus sortir de chez lui. Sa voisine était venue frapper à sa porte avec la tête d'une bonne fée volant à son secours. Cela n'avait pas été pour son charme de garçon renfermé ni pour ses yeux de Nordique égaré dans la brume. Elle l'avait convié à une pratique de tango argentin. Les hommes manquaient cruellement dans leur cercle. Absurdité parmi tant d'autres : il fallait encore combler un vide ! Il n'avait pas résisté à son charme à elle, bien qu'il ne lui ait jamais sauté aux yeux jusque-là, sans doute à cause de ces maudites œillères qui ne le quittaient plus, réduisant ses centres d'intérêt au stricte minimum. Dans le cercle, la concurrence n'était pas déloyale, vu le niveau des danseurs et leur petit nombre. Paul bougeait assez grossièrement, mais personne ne s'en plaignait. Il y mettait du cœur. Il avait de nombreuses partenaires. Faire tapisserie toute la soirée eut été sans doute plus indigeste pour elles.

À l'entrée de la salle, il y avait une affiche où il était écrit : « Il n'y a rien qui soit si nécessaire aux hommes que la danse. Sans la danse, un homme ne saurait rien faire. Tous les malheurs des hommes, les travers funestes dont les histoires sont remplies, les bévues des politiques et les manquements des grands capitaines, tout cela n'est venu que faute de savoir danser. » Une citation de Molière.

La vie est pleine de ces choses qui nous parlent plus que d'autres. Peut-être était-ce le grand Molière qui l'avait réellement motivé à continuer le tango...

Après une quinzaine de séances, il était tombé sur un article de journal à propos du fameux « guidage ». Du haut de ses vingt-trois ans, il n'avait encore aucune notion des subtilités, pas plus au tango qu'en amour.
Il s'agissait de définir *verbalement* l'harmonie qui gouverne les lois de l'improvisation. Guider-suivre, proposer-accepter. Diriger-obéir, donner-recevoir. C'était des choses qu'il avait ressenties pendant cet apprentissage sans jamais avoir cherché à les nommer. L'article évoquait aussi des notions plus abstraites comme l'émission, la résonance, la poussée et la résistance. Et pour n'oublier aucun des registres qui gouvernent le monde, on y parlait aussi de possession, de soumission, de psychologie cognitive, de compatibilité physique, d'amour ou d'atomes crochus. Tout un programme qui en disait long sur le chemin à parcourir et sur l'équilibre à trouver. Sa voisine de palier était une excellente partenaire, très attentionnée. Malheureusement, elle avait disparu le jour de sa rencontre avec un homme qui l'avait emportée sous son manteau et l'avait définitivement détournée des salles de danse. Difficile de savoir par quoi avait été gouvernée cette nouvelle harmonie du couple. Elle avait

déménagé à peine une semaine plus tard, sans laisser d'adresse. Mais à partir de là, Paul s'était repris en main. Le tango avait transformé sa vie.

Alors que cet épisode déterminant flotte dans sa mémoire, Paul se sent en complet décalage. Il n'éprouve aucune envie de danser. Il reste observateur, avec en lui l'angoisse d'un grand plongeon ; une peur qui lui remue les tripes. Il reste en arrêt face au magnétisme de ces insulaires qui tournent devant lui frénétiquement.

C'est une sorte de rêve éveillé qui prend par moments l'allure d'un curieux songe. La piste devient une sorte de *no man's land* suspendu dans l'espace-temps. Il gomme la raison et fige les facultés intellectuelles des danseurs pour les rendre sensitifs au plus haut point. Uniquement sensitifs.

Cet endroit bricolé en urgence de façon sommaire leur tient lieu de minimum vital. C'est un radeau de la Méduse. Malgré cette atmosphère délétère, ces couples de danseurs ont une extraordinaire carrure et de l'énergie à revendre. La plupart sont même très élégants, à leur façon. On se demande comment ils font au regard de leurs conditions de vie. Ils sont charpentés et se tiennent droits, tout en restant souples et bien ancrés dans le sol. Ils sont passionnés et totalement engagés. Leurs étreintes sont organiques, tactiles et chargées d'émotion.

Elles regorgent de sensualité et d'humanité. Ils font tous corps avec la musique. En sympathie avec les trois musiciens, ils écrivent tous sur la même partition, jouant chacun sa propre voix en contrepoint pour créer l'harmonie entre eux. Leur tango véhicule une rage de vivre et d'aimer. Une rage d'être ensemble.

Cela n'a plus grand-chose à voir avec les milongas que l'on trouve aujourd'hui sur le continent, à l'aube de cette année 2030. Tout ce que Paul ressent le renvoie à une pensée récursive : si ce tango-là venait à disparaître, si ce peuple-là devait disparaître, il faudrait les faire renaître de leurs cendres au prix de luttes acharnées, car ce qu'il voit devant lui symbolise le meilleur de l'humain, le meilleur de la danse, le meilleur de la musique.

« Danser, c'est entrer en contact physique avec la liberté », disait Leos.

Pourtant, ce cérémonial ressemble à un suicide face aux menaces qui pèsent sur ce groupe d'acharnés...

Il y a aussi cette belle citation du peintre Gerhard Richter[19,] que Paul trimbale dans un coin de sa tête depuis des années. Elle le titille depuis leur arrivée sur l'île :
« L'art est la plus haute forme de l'espoir ».
La ronde qui tourne devant lui le confirme à chaque seconde, avec obstination, avec endurance, malgré le peu de place et la

vétusté du lieu. Danser dans cette ronde est forcément magique ; elle parle depuis les profondeurs de la mémoire. Paul y sent jusqu'aux respirations de l'île ; ses plages de sable rouge flirtant avec l'océan ; son terreau fertile, son énergie, sa sève. Tous les danseurs sont en osmose au sein d'une matrice. Ici, le tango redevient une peinture vivante qui se dessine pas à pas. Il est bien plus qu'une histoire de couple, d'esthétique ou de simple plaisir corporel. Au même titre que l'art, c'est une histoire collective en marche. Et sur ce lambeau de terre en proie aux spéculations les plus cruelles, le tango ne prend pas l'image du désespoir. Il est au contraire la plus haute forme de l'espoir.

12

Luiza vient de réapparaître. Elle sort d'une ancienne salle de bains. Elle s'est arrangée un peu. Cette pudeur très continentale ne lui ressemble pas et apparaît plutôt décalée, car ici, tous les danseurs se changent à vue, sans aucune gêne... Elle a du mal à entrer dans le cercle, tout comme Paul qui se retrouve nez à nez avec une femme en petite tenue. Cette belle insulaire lève la tête vers lui et le regarde droit dans les yeux, à peine gênée, puis enfile sa robe sans concession. Paul lit dans son regard une volonté farouche, sans fard, mais il sent aussi un besoin impératif de partage dans le cérémonial. Sur le continent, on se changerait pour aller danser. Ici, c'est comme si on enfilait son armure pour partir à la guerre, ensemble, sans chichi. Le collectif prime sur tout le reste.

Elle a réajusté sa mise en un tour de main. À présent, elle est sur le fil comme une funambule, magnifiée par cette dernière touche perfectionniste qui la rend lumineuse. Elle est impériale du haut de ses escarpins qui font un peu défaut tant ils sont abîmés.
Paul se sent littéralement happé par elle. Elle a tressé sa chevelure qui dévoile sa nuque tendre et ses épaules détendues. Cette femme a du chien. Elle est bouleversante. Elle s'approche et lui parle à mi-voix, avec énergie.
— Vous ne dansez pas ? Pourquoi vous ne dansez pas ? Pourquoi ?
— Je ne sais pas... je ne me sens... pas prêt... je... j'ai peur de rompre le cercle... de ne pas être à la hauteur.
— Dansez, sinon nous sommes perdus[20], lui dit-elle sur un ton affirmé.
Paul en a le souffle coupé.
— Moi, je considère comme gaspillée toute journée où je n'ai pas dansé. Je m'appelle Ilène.

Leos la fixe à l'autre bout de la pièce. Elle se dirige vers lui et s'arrête. Leurs regards sont pleinement suffisants pour se comprendre. Ils s'observent sans bouger, puis sans le moindre signe apparent, s'avancent et se joignent au bord de la ronde. Leur *abrazo* les soude l'un à l'autre avec une infinie tendresse. Paul reste subjugué : cette femme qui vient de se révéler à lui de manière aussi crue dégage une force inouïe au sein des danseurs. Engagés pleinement dans leur étreinte sensuelle, Leos et Ilène forment un couple magnifique. Ici, la beauté prend tout son sens.

Luiza est entrée sur la piste. Elle porte la petite robe noire qu'elle a troquée contre des lunettes, lors de son dernier séjour. Elle la porte comme une deuxième peau. Elle parle parfois de « sa peau de secours » lorsqu'elle la met. Ce soir, elle est un peu froissée, mais l'expression prend tout son sens. Paul ne la quitte plus des yeux. Il sent monter en elle la verve d'une révolte. Il le voit dans ses attitudes, sa posture, la vigueur de ses impulsions, la tension de ses muscles qui sculptent ses jambes. Son menton avance droit devant, il fend l'air et la tire vers ces oasis de lumière improvisées çà et là avec des bouts de ficelles. Des clairs-obscurs balayent son visage au gré de ses enjambées sous ces drôles de lanternes à huile qui tamisent l'endroit. Sa foulée est franche, limpide. À chaque instant Paul ressent secrètement cette vie, cette rage qui bouillonne en elle. Il essaye de tenir le cap dans son drôle de costume et dans ses chaussures usées par des kilomètres de marche sur les pistes de danse et sur les chemins de l'île. Même lorsqu'ils ne dansent pas ensemble, il est à ses côtés et ce soir plus qu'aucun autre. Il se voudrait tout à coup héros transfiguré par la nuit et la volupté de ces gens qui le bouleversent. Dans ce lieu entré en résistance, Luiza est une artiste. Jusqu'au bout des ongles. Pour elle, le tango n'est pas une danse. C'est un engagement profond, une création artistique à part entière, un acte d'amour, un art de vivre et une philosophie. C'est un engagement social et une histoire en train de s'écrire. Le mouvement des danseurs n'est que la pointe de l'iceberg, comme le museau d'un phoque qui renifle au-dessus des vagues pour préserver ce contact obligé avec le monde extérieur. L'essentiel est ailleurs et renferme le secret : celui qui nous consume et qui renaît dans la fusion des corps enlacés et des cœurs qui s'embrasent ; qui rebâtit nos droits à chaque pas, révèle notre nature profonde, sublime nos passions, cèle à nouveau toute notre communauté.

C'est mot pour mot ce qu'elle avait osé écrire, juste avant d'être définitivement limogée par un journal corrompu, qui pourrait être le suppôt idéal du nouveau pouvoir en place, sur cette île dévastée par la tourmente. Paul connaît l'article par cœur. C'est par le biais de cette « faute professionnelle » que Luiza est entrée dans sa vie pour la première fois, le foudroyant sur place. Un éclair aveuglant. Il a eu aussitôt la sensation qu'il ne pourrait jamais faire le poids. Du rang de simple lecteur, il est passé au rang d'avocat de la défense, malgré sa fragile expérience. Il a été parachuté amant en quelques jours. Un vrai tour de passe-passe pour un homme solitaire et renfermé comme il l'avait toujours été. Il a décollé, malgré lui. Il s'est arraché à ses bottes de béton qui le soudaient maladroitement au sol. Il s'est envolé comme un oiseau sorti de sa cage pour couper le vent de ses ailes déployées.

Cela va faire vingt ans. Vingt ans déjà, pendant lesquels il a eu si souvent peur de la perdre. Le procès contre le journal a été tronqué, magouillé, c'était prévisible. Mais ils ont eu leur victoire malgré tout, puisqu'ils sont restés soudés.

Depuis, ils se sont acharnés, ils se sont aimés, se ont caressés, se sont lamentés et ont pleuré parfois dans le giron l'un de l'autre. Cela n'a jamais été du désespoir, mais une hargne salutaire. Un entêtement tout à fait légitime que leurs larmes ont baigné dans les moments de fatigue, parfois.

« Le monde est en proie à ses nombreuses contradictions. C'est une sale bête qui se propage à vue d'œil en déployant des tentacules malicieux. L'humanité entière finira dans sa gueule meurtrière. La majorité des insulaires ont été des proies faciles, des rêveurs égarés dans un nid d'aigle ».

C'est ce que leur a bredouillé Leos, lorsqu'ils l'ont rejoint dans la petite cuisine suspendue entre ciel et terre. Il avait beaucoup bu. Il était affalé dans un coin et Ilène le serrait contre lui. Il était à bout de force. Quand l'alcool acheva ce beau *tanguero* aux premières lueurs de l'aube, il lança dans un murmure : « Danser en temps de guerre, c'est comme cracher à la gueule du diable[21] ! » Après quoi il s'assoupit d'un coup dans les bras d'Ilène qui regardait droit devant, sans rien dire. Le visage de cette femme rayonnait d'une beauté indicible. La profondeur de son regard était un livre ouvert. Aucune compassion ni aucune tristesse, mais une force venue du fond des âges. Sa longue chevelure noire qui tombait en pluie de part et d'autre accentuait ses origines amérindiennes. On pouvait lire dans son expression le parcours et l'histoire de tout son peuple.

Paul et Luiza ont passé le reste de la nuit au squat. Le lendemain, ils sont montés dans la seule voiture encore présente sur l'île. Quelques jours auparavant, le parc automobile avait été entassé dans le dernier ferry, à l'image d'un amoncèlement de carcasses métalliques vouées à la destruction. Celle-là était restée parquée derrière la maison, immobilisée sous un tas de matériaux usagés empilés en vrac. Ce vieux char rescapé des années 70 avait été judicieusement remis en état pour les besoins de la cause et attendait patiemment pour reprendre du service. C'est Paul qui avait ouvert le capot. Il avait démonté toutes les pièces et les avait remontées dans l'ordre, comme il savait si bien le faire. Un rien plus compliqué qu'avec le générateur du vieux Paddy, mais le résultat était impressionnant. Paul avait un vrai talent pour ça. À force de patience et de minutie, il avait su le remettre dans les clous, en lui parlant d'homme à homme. Le moulin démarrait au quart de tour.

Paul et Luiza avaient mis des jerricanes partout. Dans le coffre, sur le toit et jusqu'à l'avant de l'habitacle, les obligeant à courber l'échine et à se contorsionner pour trouver leurs places. Ça brinquebalait à tous les étages. Ils ont roulé à bord de ce curieux navire en direction du gîte en faisant un potin d'enfer qui résonnait comme à la parade, longeant les dernières façades de ce quartier presque entièrement démoli et absolument désert. L'oppression était de ne voir personne. De ne croiser personne. Pas même la silhouette d'un soldat en faction ou d'une milice sur le qui-vive pour leur barrer la route.

Cette absence d'activité autour d'eux avait un goût de fin de partie et rendait leur course irrationnelle. Une liberté hypocrite qui leur glaçait les os. Elle pointait avec malice l'absurdité des choses. Les vidait de leur sens. Même si l'inertie est illusoire. Que sur le chantier, les choses avancent, de jour en jour. Que tout est automatisé et que les rares ouvriers savent se rendre invisibles. Qu'on voit juste passer les drones, pile au-dessus. Inaccessibles. De la dernière génération. Absolument silencieux, quant à eux. Bardés d'un système de surveillance ultra-perfectionné. Rutilants et armés jusqu'aux dents. À croire que l'occupant a peur, lui aussi. Qu'il se protège. Peut-être craint-il des représailles ou un soulèvement ? Avec une poignée de danseurs à bout de force, le risque apparaît pourtant bien minime. On pourrait presque croire à un changement de cap de la part de ces imposteurs. Mais ce serait mésestimer le sens profond de ce silence impérial, car chacun sait qu'aucune action belliqueuse ne s'avère plus nécessaire au regard d'une victoire écrasante. Autour deux, c'est le vide. Tout a été transformé à une vitesse vertigineuse. La voiture file en cahotant le long des parcelles qui s'étendent à l'unisson, monochromes et impassibles. Elle pétarade bien maladroitement entre ces longues rangées de soja qui commencent à pousser sans bruit. Curieuse antinomie au sein de cet univers aseptisé et quasi numérique. Ce retour vers la colline a tout d'un voyage virtuel. Le vieux char roule dans le paysage insolite d'un tableau surréaliste lisse et plat comme un écran d'ordinateur. Il s'étale devant eux et les avale insidieusement. C'est la première navette d'une longue série pour ramener l'eau indispensable à la survie du groupe.

13

Paul et Luiza ont retrouvé la maison, la vieille éolienne et le reste. Paddy O'Brien s'en est allé une fois de plus sur les flots. Il reviendra un jour. Il revient toujours. Il repartira ensuite. Va savoir ce qu'il trafique avec tous ces allers-retours. Il semble affairé à des opérations secrètes. Il ne leur dit toujours rien. Il ne parle presque plus. C'est peut-être mieux ainsi. Moins on en sait, mieux c'est. Il est peut-être réellement en train de poser des bombes. Il trimbale des sacs avec lui. On ne sait pas ce qu'il y a dedans. Un de ces quatre matins tout va péter. Personne ne l'aura vu venir. En fait, le vieux Paddy les laisse tranquilles. Paul et Luiza le croisent parfois et peuplent ses silences pesants de regards significatifs. À chaque navette, ils profitent de sa maison pour faire des pauses indispensables et relâcher la pression. Ces allers-retours leur mettent les nerfs à fleur de peau. Mieux vaut que le vieux soit absent pendant ces moments-là. Ça tournerait vite en eau de boudin.

Aujourd'hui, dans leurs têtes éperdues et imbibées d'alcool, cette maison devient un donjon perché dans le ciel. Un phare qui annonce la vraie couleur de l'île à des kilomètres à la ronde : POURPRE ! Il prend sa volée et lance une devise anarchiste, un mot d'ordre révolutionnaire, un grand cri de ralliement ; il brandit l'étendard de la révolte avec obstination afin de contrarier l'insolence de ses adversaires !

L'alcool leur est monté à la tête... Ils finissent par s'endormir, anesthésiés dans les bras l'un de l'autre, après avoir déliré plusieurs heures.

Au fil des jours, les navettes se suivent et se ressemblent, épuisantes physiquement et mentalement. Le « vieux char » traverse les grands espaces sans jamais rencontrer le moindre barrage. Son va-et-vient chaotique est presque la seule activité visible au sein de cet univers irréel. Paul et Luiza sont infatigables. Deux mois viennent de s'écouler et ils sont toujours sur l'île. Les voilà prêts pour leur trentième navette, à peu près, ils ne comptent plus. Comme toujours, les jerricanes sont pleins comme des outres. Sous le poids, leur vieille voiture poussiéreuse est à ras de terre. À la limite du supportable. Le bas de caisse semble suspendu au-dessus du sol, à quelques centimètres à peine. Les roues ont presque disparu sous la carrosserie. Pour le coup, ce drôle d'engin devient parfaitement raccord avec la nouvelle plastique de cette île assujettie et arasée à l'extrême. Le risque, c'est juste pendant la descente. La colline est restée sauvage. Elle arbore fièrement ses bosses et ses creux, sa route sinueuse et sa superbe verticalité. Paul conduira avec des doigts de fée, comme à chaque fois. Arrivé en bas, la normalité reprendra le dessus. La route réaffichera une soumission glaciale et triomphante. Elle se déroulera sans le moindre obstacle, tel un long tapis offrant sa linéarité au cœur du nouveau paysage.

Avant de repartir au squat, ils ont encore piqué un peu de remontant dans la réserve du vieux Paddy et se sont étendus sur le lit, selon le rituel. C'est devenu une habitude. Luiza avait encore plus besoin de cette pause aujourd'hui, à la suite des dernières nouvelles. Les voilà à nouveau plombés par la puissance de leurs sentiments et alanguis par cet alcool fait maison qui les soulage malicieusement de leurs maux. Si certaines parties de la cité sont encore debout, sur les plages le chantier est achevé. Les ponts sont en place, des deux côtés. Hypermodernes et aériens. Une technologie « dernier cri » installée en un temps record. Des navettes ultrarapides s'intensifient entre les deux continents réunifiés. Dans le Nord, les premiers champs de soja ont vu le jour à la vitesse grand V. Les premières cargaisons quitteront l'île dans peu de temps. Les containers feront le parcours à 600 km/h au-dessus des flots, pour cinq minutes de traversée à peine. Une course au progrès où le temps n'a plus sa place. À l'image de la physique contemporaine, on voudrait être au four et au moulin, avoir le don d'ubiquité, arriver avant de partir, vivre le virtuel comme une réalité tangible.

Il est des choses plus douloureusement terrestres en ce bas monde : le père de Luiza est mort il y a quelques heures. Elle s'est rendue à son chevet, seule, comme elle le fait plusieurs fois dans la semaine, prenant le risque à chaque visite d'un aller sans retour. Ce petit secteur de l'île est encore sur pied et fait office de cantonnement. Il abrite un ensemble de fonctionnaires, de soldats et d'ouvriers, de techniciens et d'ingénieurs, ainsi que différents services sanitaires. Ici, apparemment, sa condition de fille d'ambassadeur opère toujours. Passé le premier barrage, elle peut pénétrer dans l'enceinte de ce Q.G. sans aucun problème. Elle se fait tout de même escorter à chaque passage par deux flics qui semblent avoir troqué au fur et à mesure leurs lugubres gabardines contre des tenues d'anges gardiens sortis d'un mauvais film. Elle est restée au chevet du vieil ambassadeur allongé dans son drôle de costume, sans un mot, jusqu'au bout. Il n'y avait plus rien à dire. Il était bien trop vieux et bien trop malade. Cette mort lui aura évité la souffrance d'une culpabilité trop lourde. Les obsèques auront lieu très vite. Seule concession accordée : « les cendres du vieillard seront jetées à la mer, à défaut d'être mêlées à la terre pourpre soi-disant souillée par l'envahisseur. »

C'est une page d'histoire qui se tourne. L'ancien gouvernement avait quitté l'île depuis longtemps. Le père de Luiza était le dernier. L'un des plus âgés. À 85 ans, il semblait s'agripper aux dernières mottes de terre pour tenter de se racheter. Il est mort en serrant les poings. Luiza et Paul en ont abondamment parlé sur le chemin qui mène à la colline. Ils conversent beaucoup ces derniers temps et « tangotent » un peu moins avec leurs musiques plein la tête. Ils ont encore forcé sur l'alcool. La réserve du vieil Irlandais en prend un coup à chaque fois. Il va certainement jurer en gaélique en voyant ça. Ils savent que Paddy passe pendant leur absence, avant de disparaître pour ses « affaires ». Ils ne le voient pas, mais le vieux laisse des traces pour leur signaler qu'il est toujours sur l'île. Qu'il est toujours vivant. Qu'il est toujours d'attaque. Aujourd'hui, ils se sentent abattus.

À présent, leur combat semble être ici, avec Leos, Ilène, Paddy et tous les autres. À moins qu'il ne faille retourner sur le continent en urgence. Essayer de raccrocher les wagons, si c'est encore possible. Cette discussion revient chaque jour sur le tapis, et chaque jour qui passe les éloigne un peu plus de leur réalité métropolitaine. Ils savent que lorsqu'ils quitteront l'île, Leos ne les accompagnera pas ; qu'Ilène restera à ses côtés. Pareil pour tous les autres. Dehors, les jerricanes sont à nouveau pleins comme des outres et la voiture est en état de marche : il faut repartir. Il faut ramener ces provisions d'eau sans attendre. C'est devenu leur tâche régulière. Leur mission. Ils sont porteurs du lait nourricier indispensable dans cette guerre contre l'invisible. Ils ont pris cette initiative face au retranchement collectif des *tangueros* qui restent campés au squat. Hors de question pour eux de quitter ce lieu symbolique. Même pour chercher de l'eau. Ils mangent à peine, certains d'entre eux jeûnent depuis plus d'une semaine. Ils dansent jour et nuit. C'est devenu un marathon. Leur tango les maintient dans une sorte de transe hypnotique où plus rien d'autre ne compte. Des heures durant. Il n'y a plus d'électricité depuis longtemps. La nuit, ils dansent pieds nus, à la bougie ou au gré des lanternes à huile, dans le noir, pratiquement à l'aveugle. Les musiciens posent leurs instruments. Ils chantent tous. À tour de rôle. Parfois en chœur. Le son tourne dans la pièce, passant de l'un à l'autre, tandis que les petites lanternes éclairent en rubans lumineux leurs pieds qui dessinent de multiples chorégraphies. C'est magnifique et c'est terrifiant. Ils sont en symbiose. Inépuisables. Fougueux. Lyriques. D'une sensualité à fleur de peau.

Curieusement, les flics ne bougent plus dans ce secteur. Personne ne se soucie de leur sort. Pour Paul et Luiza, c'est invraisemblable. On est aux limites du possible. Aux frontières du réel. Le squat fait partie des dernières maisons encore debout au sein de cette ville presque morte et de ces terres déboisées et reconverties jusqu'à l'os. Ce sursis énigmatique a des accents moribonds. La grande bâtisse trône au milieu du chantier à la manière d'un vaisseau fantôme. Elle est observée en permanence par deux drones qui filent silencieusement dans le vent. Le pilotage automatique des engins de chantier s'est arrêté lui aussi depuis plusieurs jours et c'est le grand silence. Chose encore plus saisissante : Leos et Ilène ont disparu. Personne ne sait où ils sont. Aujourd'hui, le transport de l'eau s'est fait à l'arraché. La voiture commence à battre de l'aile. Paul et Luiza croisent les doigts. Elle roule encore, mais il y de plus en plus de cliquetis et de grincements bizarres. L'aller a été très chaotique. Il faut qu'elle tienne encore pour le retour en ville, surtout dans la descente qui est devenue un vrai calvaire. À leur retour, la vision est horrible. C'est un affreux cauchemar peuplé de coups de hache : le squat a disparu. Volatilisé ! Il ne reste plus une pierre, plus un morceau de mur ni de bois. Pas le plus petit éclat de verre. Tout le secteur est lisse et nu comme un billard. Les engins de chantier ont déguerpi eux aussi, sans laisser la moindre empreinte. Il n'y a personne. Ce n'est plus qu'un grand carré vide et froid devant eux. Pris de panique, ils foncent maintenant à tombeau ouvert à travers les grands espaces en direction de la maison de Paddy, seul refuge encore possible sur le flanc de cette colline qui domine les parcelles morbides. La route est devenue plus tortueuse à cause des coulées de boue qui y ont séché et durci comme des pierres. Dans un virage en épingle à cheveux, Paul loupe son coup. La voiture heurte violemment un de ces blocs invisibles dans l'obscurité naissante : tout l'avant est complètement déglingué. Il faut laisser ce vieux char en plan. Continuer à pied. Et puis l'averse commence. Une averse de printemps, rapide et drue. Ils sont trempés jusqu'aux os en moins de cinq minutes. Les choses s'inversent. La route devient rivière. La nuit tombe à toute vitesse. Pas moyen de faire une pause pour s'abriter. Ils n'ont même pas de quoi s'éclairer. Le jour les abandonne et le ciel s'obscurcit. Ils vont se retrouver très vite dans le noir complet, sans aucun repère. Il faut continuer à monter avec de l'eau jusqu'aux mollets, en suivant l'empreinte de cette route noyée sous un torrent, comme l'unique jalon sensible au cœur de nulle part. Ils marchent dans la terre qui ramollit et commence à dévaler la pente en longues traînées épaisses. Ils n'arrivent plus à parler tant ils suffoquent. Cette fois-ci, c'est bien la peur qui leur presse le pas. Ils n'ont plus aucun tango sensuel dans la tête. Leur marche est terrifiée, musculaire et nerveuse. Paul met de la force pour deux et traîne Luiza dans son sillage, ne lâchant pas son bras ni sa taille. Il la porte à moitié avec l'énergie du désespoir. Luiza est au bord de l'épuisement, tétanisée, s'accrochant désespérément à son guide de la dernière chance. Paul ne la lâche pas. Il s'acharne puissamment. Luiza s'agrippe. À l'image d'un tango mortifié, leur piste est une artère boueuse qui les aspire du fond de ses entrailles. Ils entrevoient enfin le toit derrière les arbres. Difficile de distinguer vraiment avec la pluie qui tombe à seaux. Ils s'avancent pratiquement au hasard, comme deux aveugles débutants, manquant presque de se fouler les chevilles à chaque pas sur les cailloux et les racines. Le toit se dessine comme une masse sombre quasi invisible dans le noir. Soudain, alors qu'ils ne savent plus quoi définir devant eux, une musique sort de nulle part et s'éparpille dans le vent. Ils s'arrêtent, glacés de peur. C'est bien de la musique. Ce n'est ni un cri d'oiseau ni quoi que ce soit d'autre. La pluie vient de cesser subitement. Maintenant, ils perçoivent quelques notes aiguës entre les rafales. Ils s'approchent et tombent nez à nez avec le mur de la maison, fondu dans l'obscurité. Un peu plus et c'était le choc, en plein front. À travers la couronne des derniers grands arbres qui sont en contrebas, on devine les nouveaux champs de soja grâce aux lumières mouvantes des machines automatiques qui travaillent de nuit. Quelques lueurs vacillantes, tout là-bas... On voit aussi des navettes qui filent sur les ponts. Ce sont des rais de lumière d'un bleu phosphorescent qui disparaissent au loin comme des voleurs bardés d'un précieux butin. À l'intérieur de la maison, c'est forcément le vieux Paddy. Paul essaye d'entrer, mais tout est solidement barricadé, comme jamais. Il colle son oreille contre le volet. C'est insensé : quelqu'un fait de la musique à l'intérieur ! Du bandonéon[22]. Une phrase lancinante qui ondule dans les graves avec par moments quelques pics suraigus. Paddy n'a jamais fait de musique. Son vieux bandonéon n'est toujours resté qu'une idée, un rêve posé dans son coin. Paul et Luiza restent immobiles dans le noir. Le vent est tombé d'un coup. Ils entendent bien à présent. Toutes les notes sont accentuées bizarrement. Paul frappe au volet. À l'intérieur, Leos et Ilène sortent de leur léthargie dans un sursaut. Leos a cessé immédiatement de jouer. Plus personne ne bouge. Il y a un long silence. La peur les tenaille tous. Personne n'ose prononcer le moindre mot. Paul frappe à nouveau. Puis un autre silence. Leos et Ilène ne se sentent pas à l'abri d'une milice égarée, cherchant encore quelque chose à se mettre sous la dent. Ils restent terrés en silence. Ilène colle son oreille discrètement contre la porte.

Au-dehors, Paul et Luiza cherchent une entrée en faisant le tour de la maison. Elle entend les bruits de leurs pas dans l'herbe et sur les cailloux. Leos est prêt à bondir comme un enragé. Paul ne voit aucune lumière à l'intérieur. Il s'approche du volet pour frapper à nouveau quelques coups. Silence. Pas de réponse. Nouvel essai. Autre silence.

Puis enfin une voix : « Qui va là ? » C'est la voix de Leos, il n'y a plus aucun doute.
— Leos... Leos, c'est Paul !
Ilène vient d'allumer une lanterne. Paul et Luiza peuvent voir le halo de lumière osciller à travers les minuscules fentes du volet. Après avoir allumé, Ilène s'approche de la porte, mais Leos n'ouvre pas tout de suite.
— Mais... qu'est-ce que vous faites ? dit Paul dans un drôle de murmure, sans décoller son oreille de la porte.
Ilène répond juste de l'autre côté de la cloison.
— Vous nous avez fait atrocement peur, susurre-t-elle avec une voix fébrile.

Après avoir tourné plusieurs fois la clé dans le verrou, Leos ouvre la porte. Ilène se trouve à ses côtés, dans l'encadrement, éclairée par la lueur de la lanterne, emmitouflée dans une couverture. Leos a défait ses cheveux grisonnants qui lui tombent bien au-delà de la nuque et des épaules, ramassés en une sorte de queue-de-cheval mal fagotée. Sa silhouette vacille dans la pénombre. Il est d'une maigreur alarmante. Pieds nus. Ilène est méconnaissable. Elle s'est assise lentement sur une chaise, comme le ferait une vieille. Elle parle avec difficulté, au bord du bégaiement.

— On était partis au ravitaillement... un peu plus loin, dans la dernière maison voisine. Il n'y avait rien, bien sûr... On s'est endormis dans une des pièces. Il y avait encore un lit. La fatigue était trop lourde. On ne s'est rendu compte de rien. On a dormi... je ne sais pas, une journée peut-être... anesthésiés. À notre réveil, on a tout vu. Les flics... les salauds de flics ont débarqué en nombre. Personne n'a opposé la moindre résistance... Ils étaient tous à bout. Ils n'arrivaient même plus à se tenir entre eux, pour former une chaîne, ni pour rester debout... Ils les ont tous embarqués. Ils les ont mis dans un bateau... Et puis, les engins ont tout démoli,... en moins d'une heure. On est restés tapis dans l'ombre, derrière un monticule, à regarder, hagards, impuissants. On ne savait plus où aller. Il n'y avait qu'ici. Il fallait vous prévenir. On a rassemblé le peu de force qui nous restait pour fuir. Leur filer entre les pattes, c'était la seule idée... On a marché des heures avec cette idée fixe : leur filer entre les pattes. Il n'y avait plus qu'ici... Il n'y avait plus qu'ici... répète Ilène d'une voix fiévreuse. Il n'y a plus qu'ici maintenant. Ils la regardent tous en silence.

14

La pluie a définitivement cessé ces deux dernières semaines. La colline sèche lentement au soleil et fabrique une croûte rougeâtre qui craque sous les pieds. Au loin, on aperçoit encore quelques *cotônas.* Elles semblent avoir retrouvé une beauté primaire malgré la réorganisation des terres en leur défaveur. Elles fleurissent uniquement par endroits, au milieu du soja, à l'image d'une poignée de récidivistes ou d'intruses, d'euphorbes gorgées de lait, émergeant malicieusement d'un parterre ennemi. Abandonnées à leur sort, ces quelques obstinées ondulent sous le vent avec la naïveté des jeunes pousses de printemps, feignant l'insouciance face au danger. Mais derrière la fausse candeur se cache une vigueur infinie. Leurs maîtres ont baissé les bras tandis qu'elles persistent, prouvant une fois de plus que la nature est plus forte que les gens, plus obstinée ; qu'elle reprend toujours le dessus. Parfois même elle se venge. En a-t-elle conscience ? Certainement.

Sur l'île métamorphosée, une curieuse cohabitation s'est installée. D'un côté, le paysage poétique, sauvage et calme de cette colline épargnée du désastre et de l'autre, tout le reste des terres qui s'étendent presque jusqu'au rivage.

Vu d'en haut, la petite forêt tropicale et les anciens jardins colorés ont entièrement disparu. Ils ont cédé la place aux vastes étendues de soja d'un vert uniforme. La marche funèbre des engins téléguidés nivèle les dernières parcelles au loin pour les faire rentrer dans le rang, créant d'ultimes nuages de poussière pourpre qui s'élèvent dans le ciel. En levant les yeux, on aperçoit quelques drones dont les armures métalliques étincellent sous les rayons crus du soleil. Ils veillent en planant silencieusement au-dessus de leur immense pactole avec l'assurance des vainqueurs. Les nouveaux maîtres de l'île prétendent avoir sauvé cette terre d'un naufrage, grâce aux nouvelles technologies et aux arguments de leur science émérite. Mais à présent, les vagues se brisent sur des bords artificiels surélevés qui remplacent les plages de sable roux.

Tout paraît pour le mieux dans le meilleur des mondes. Il ne reste plus qu'une vingtaine d'habitants sur l'île : une quinzaine de vieillards qui s'incrustent comme des coquillages sur la coque d'un navire, plus quelques techniciens de maintenance aux allures de commerciaux branchés et spécialisés en jardinerie. Ils ont tous été déplacés vers le sud, dans les 2 % de terres encore libres et tout juste nourricières.

Depuis que le squat a été rasé, un nouveau monde est né. À lui seul, il peut déjà fournir plus de la moitié des besoins escomptés par l'industrie agroalimentaire d'en face. Ce n'est qu'un début. Les nouvelles technologies permettront de réaliser cinq à six récoltes par an. L'île vient d'être rebaptisée « la belle verte », probablement en mémoire de la foutue révolution du même nom qui a ruiné tous les sols.

Mais tout cela ressemble au chant du cygne, car les ombres des ancêtres marchent sur la plage. Elles écoutent attentivement l'océan qui gronde en profondeur. Elles sentent les vents qui s'affolent aux lointains, sifflant à leurs oreilles de vieilles mélodies de tango qui planent à la crête des vagues bordées d'écume. Les deux ponts ultramodernes ont beau survoler l'eau avec impertinence, ce n'est qu'une fierté mal placée au regard de la force indicible qui s'écoule sous leurs voûtes.

L'île a changé de visage, mais dans cette métamorphose, la nature n'a pas dit son dernier mot. La nature ne dit jamais son dernier mot.

Pour Luiza, il n'y a plus aucun doute possible. Paul, Leos et Ilène font cercle autour d'elle. Leur discussion emplit la petite maison épargnée du chaos. Impossible de distinguer les voix tant elles se confondent. Leurs répliques forment comme un chœur antique qui s'exprime dans un chant murmuré et rapide.
— Les erreurs d'hier ne servent pas de leçon. L'histoire recommence. Éternellement.
— Ils ont pu s'imposer à cause de nos faiblesses. Grâce à notre humanité.
— Qui n'a jamais pris le chemin de ces autochtones fatigués qui démissionnent sans broncher au milieu des embouteillages ? — Lorsque les minorités faiblissent, la majorité s'impose, partiale et insensée.
— Ils occupent 98 % de l'île, mais demain ils en voudront encore plus.

— Ils auront beau reconstruire, aménager, bâtir, aseptiser ; ils auront beau tout recycler pour un usage urbain lorsque la terre sera morte. Leur cité deviendra un lieu de consommation comme ailleurs, facile, rapide, rentable. Rien n'y sera plus digéré.

— À l'image d'un de ces curieux tangos que l'on voit parfois en métropole, tout y sera englouti voracement et resservi sans la plus petite trace d'un quelconque parcours.

— Notre communauté est née d'un amour fou et d'une passion sans limites pour le droit à la liberté dans la paix et dans la différence.

— C'était son seul défaut. Il a été mortel.

— Beaucoup y ont vu un renouveau, une modernisation indispensable, une évolution. L'unique façon de nous sauver d'une prétendue fin annoncée.

— L'île aurait pu disparaître. Couler au fond sans bruit après avoir nourri son peuple. De même qu'un danseur danse parce que son sang danse dans ses veines, cette terre ne saurait vivre sans l'harmonie des flots qui l'embrassent et la chérissent. Il vaut mieux disparaître en emportant ses rêves avec soi, plutôt que de survivre dans une réalité qui n'est plus la sienne. Voilà ce qu'a écrit Paddy O'Brien sur les murs de sa maison avec les derniers restes de peinture. Il est ensuite parti préparer son bateau d'un autre âge. Il n'a pas dit un mot de plus. Sa vieille pipe fumait par saccades, libérant de petites touffes de fumée blanche dans la nuit tombante. Il semblait devenir lui-même la locomotive ancestrale qui remontait la pente. Paul, Luiza, Leos, Ilène et lui... Ils sont tous montés à bord de ce rafiot bardé à bloc, pendant cette nuit noire et profonde qui s'abattait sans bruit. C'était un superbe équipage, à l'image des pionniers qui foulèrent les plages rousses de l'île un siècle auparavant. Ils étaient profonds et tristes. Ils parlaient peu et leurs yeux étaient plantés vers l'horizon avec une infinie justesse.

Le bateau fila droit sur l'océan, avec la rage au ventre. Il fendit l'eau des jours et des nuits sans jamais défaillir, de l'espoir plein la voilure. Cette course sur la mer les arrachait à leur dernier bastion, et par une empathie extraordinaire et bienveillante, l'horloge temporelle fit la pirouette pour les replonger dans l'histoire, un siècle auparavant. Au gré des vagues, alors que Paul et Paddy étaient à la manœuvre, Leos, Ilène et Luiza s'évadaient du bateau peu à peu. Dans leurs yeux éclatants de lumière, les vieux quartiers et les faubourgs portègnes[23] se redécoupaient dans la torpeur du soir, avec leurs maisons en tôle ondulée, leurs oisifs plantés sur leur perron, les chaises posées sur le trottoir,

les cris des *canillitas*[24] et le trafic phéno-
ménal de la rue *Corrientes*[25]... Tout semblait vibrer en eux, comme l'écho ravivé
d'une ville qu'ils n'avaient certes pas connue, mais qu'on leur avait conté maintes
fois et qui coulait dans leurs veines malgré
eux. Plongés au cœur des années 20, ils
entendaient maintenant battre le cœur de
cette cité mythique depuis la rue *Callao*
jusqu'à la rue *Esmeralda* et la nostalgie
impérissable d'une chanson ressurgie de
leur enfance se dessinait sur leurs lèvres
salées par les embruns :
« *Corrientes... tres, cuatro, ocho... segundo piso ascensor...* » [26]
La petite coque de noix « tangotait » sur les flots, avec le vent en poupe.

15

Un mois plus tard, lorsque la grande vague déferla, tout fut emporté et l'île tout entière coula jusqu'au fond. Il ne reste plus maintenant que les réminiscences de ce « rêve » dans ma tête.

L'imagination a fait son travail de fourmi. Elle m'a mené là où je n'aurais jamais pensé poser le pied. Sur une terre dont j'ignorais la vraie nature.

À présent, quelle sera la réalité qui m'entoure ? Sera-t-elle différente ? Notre vieille terre tourne toujours, le soleil se lève, le soleil se couche... La vie poursuit sa course effrénée sur les terres barbares qui font le lit de l'argent et du pouvoir. Oui, tout est bien là, palpable et inflexible.

Mais je reste perplexe, car ce que je sais avec certitude, c'est qu'après cette escapade littéraire, jamais plus je ne vivrai comme avant, jamais plus je ne danserai comme avant.

Il en est ainsi des graines qui germent avec passion : elles engendrent au plus profond de l'être les désirs essentiels et les rendent perceptibles. Il y aura toujours dans ma mémoire, le souvenir de ce peuple magnifique et de cette énergie particulière pour accompagner chacun de mes pas, tout au long de la piste, tout au long de ma route...

Parfois, il m'arrivera peut-être de rêver « pour de vrai ». De me dire que Luiza et Paul ont retrouvé la métropole. Que Leos et Ilène dansent tout leur soûl au quartier des pêcheurs. Que le vieux Paddy O'Brien parcourt les flots pour des pêches foisonnantes et mesurées. Que cette histoire ne fut qu'un songe libérateur ô combien symbolique. Qu'ici, nous vivons une de ces journées sans vague. Que Paul vient de s'asseoir aux côtés de Luiza. Que sur les rives de ce continent en effervescence, il l'appuie contre son épaule et lui parle...

— Tu te souviens de la milonga de notre rencontre ?
— Bien sûr que je m'en souviens.
— Tu me tapes dans l'œil au premier regard. Tu irradies au milieu de tes semblables. Ta beauté en devient insolente.
— Le Café gascon. Du bois chaud. Des miroirs. De la chaleur humaine.
— Nous étions complices sans le savoir, dès le début.
— Tu étais un continental parachuté dans un fief.
— Notre danse a transpiré dans l'assistance.
— Nous résistions. Le regard des insulaires se portait sur nous parce que nous résistions, ensemble. Je m'en souviens comme si c'était hier.
— Nous affirmions nos sentiments, nos émotions, nos conceptions, nos idées, nos différences, corps et âme, ensemble. Nous refusions la marche oppressante de la pensée unique pour créer notre propre marche, sensible et passionnée, au milieu des autres, avec les autres.
— Nous sommes restés soudés l'un à l'autre, en harmonie. Le grand continental et la belle insulaire.
— Nous dessinions sans le savoir ce qui allait marquer le début d'un combat.
— À l'instar de ce vieil Irlandais bourru sur sa colline, avec ses volets multicolores, son

éolienne qui a le feu aux fesses, son générateur à réactions humaines...
— Même si cette île n'est pas la tienne. Même si cette vie n'est plus la mienne. Ce combat est devenu le nôtre.

Quand j'aurai ce genre de pensées, je m'éclipserai à nouveau pour leur laisser la place. Je verrai alors Paul et Luiza s'allonger sur le lit en désordre et dormir. Dans leur rêve commun, il sera simplement écrit *tango pourpre*. Je les regarderai rêver un instant. À chaque fois que j'ai regardé des humains de la sorte, c'est parce que je les trouvais beaux ou inspirés. Si je ne leur ai pas dit, c'est une erreur. Leur danse a quelque chose d'apaisé, d'inébranlable, de remarquable. La beauté de leur étreinte, la conviction de leur pas... C'est un cadeau pour l'humanité.

Même lorsqu'ils dorment, cela se voit qu'ils aiment danser ensemble. Même ici, dans ce fief de danseurs aguerris, de rebelles de la dernière heure où sous ma plume libérée, la danse a pris les traits d'un ultime combat.

Tous mes personnages sont en partance, à l'image de cette robuste petite maison accrochée au flanc de la colline, qui résista elle aussi, tant qu'elle put, à l'autre bout du monde. Dans ma tête, elle fut épargnée pour leur laisser une chance. Car si c'est la fin d'un tango passionné sur un bout de terre pourpre perdue aux confins de la terre et de l'océan, c'est aussi le début d'un autre, qui est en train de naître ailleurs, ou qui est déjà né, et ne mourra jamais.

Quant à moi, j'ai pu vérifier la citation d'Einstein.

Petit lexique utile :

1. Culture associée : permet de mieux polliniser, de stimuler et protéger efficacement les plantes, de divers parasites, micro-organismes et maladies. Qualité et rendements productifs sont alors meilleurs. Autres avantages : les écosystèmes peuvent être facilement régénérés et protégés. On peut ainsi désherber un jardin grâce à ce système d'association végétale. Par exemple, la pomme de terre plantée en forte densité supprimera le liseron, une plante invasive. Dans un cadre de cultures associées, l'utilisation dans un jardin potager ou un champ, d'herbicides (ou d'autres coûteux pesticides), est fortement limitée ; voir peut être totalement supprimée (cas des cultures bios et biodynamiques). Quant aux *cotônas*, elles sont une pure invention de ma part, inspirées par les pratiques des ethnies amérindiennes d'Amérique du Nord et d'Amérique Centrale.

2. Land art : Le land art est une tendance de l'art contemporain, utilisant le cadre et les matériaux de la nature (bois, terre, pierres, sable, rocher, etc.). Le plus souvent, les œuvres sont à l'extérieur, exposées aux éléments et soumises à l'érosion naturelle ; ainsi, certaines ont disparu et il ne reste que leur souvenir photographique et des vidéos.

3. Milonga : c'est le bal de tango argentin. Le lieu où l'on danse. C'est aussi une des trois danses pratiquées pendant le bal. (tango-valse-milonga). Elle a un caractère enjoué.

4. Abrazo : étreinte des danseurs dans le tango argentin. Le contact des corps se fait par les bustes qui sont très proches ou en appui l'un contre l'autre. Le bras droit de l'homme enlace la femme.

5. Tanguero : danseur de tango. Personne qui s'intéresse au tango, à sa musique, à ses rituels.

6. Bilal : Enes Bilal, dit Enki Bilal, né le 7 octobre 1951 à Belgrade, est un réalisateur, dessinateur et scénariste de bande dessinée français.

7. Milongueros : ceux qui fréquentent les milongas, quel que soit leur style de tango. C'est aussi une manière de danser le tango dans très peu d'espace.

8. Aficionados : des passionnées, des mordus (de tango)

9. Juan D'Arienzo : Violoniste et chef d'orchestre de tango argentin (1900-1976). Il fut connu sous le nom « El Rey del Compás » (Le Roi du tempo). À partir de 1934, il se produit au cabaret *Chantecler*. Durant cette période, il commence à développer un nouveau style qui connaîtra son apogée avec l'arrivée de Rodolfo Biagi dans sa formation. Exclusivement destinés à la danse, les arrangements de D'Arienzo mettent le piano à l'honneur, ce qui leur donnent un tempo et un rythme gai.

10. Jorge Valdez : chanteur de tango, né en 1932 à Buenos Aires

11. Astor Piazzolla : Bandonéoniste-compositeur. Considéré comme le plus grand musicien de tango de la seconde moitié du XXe siècle (1921-1992). Tango / Tango Nuevo.

12. Orchestre typique : la formation actuelle de la « orquesta tipica » argentine est pour la première fois utilisée par le pianiste Roberto Firpo : 2 bandonéons, 2 violons, 1 piano et une contrebasse.

13. Carlos Di Sarli (1903-1960) : musicien argentin de tango, chef d'orchestre, compositeur et pianiste. Avant de créer sa propre formation de tango, il fut membre de l'orchestre de Osvaldo Fresedo dont l'influence continua de se ressentir les premières années de sa carrière. Il développa par la suite un style très personnel à la couleur et au rythme immédiatement reconnaissables dès les premières mesures avec son Orquesta típica. Di Sarli a toujours su garder un juste milieu, se tenant à distance du traditionalisme excessif comme de l'extrême avant-garde, préférant développer un style personnel sans sacrifier aux modes successives. D'où le surnom de *El Señor del Tango*.

14. Ernesto Fama : Chanteur de tango. Ici, je pense à la version « Chau Pinela » de Di Sarli. (fin des années 20)

15. Oscar Pugliese : Pianiste-compositeur, chef d'orchestre de tango argentin (1905-1995). Une des figures majeures du tango argentin du 20ème siècle.

16. Élisabeth F. de Vercelli : sœur de ma grand-mère maternelle qui fut danseuse de tango à Buenos Aires, Paris et Berlin dans les années trente. Elle fut une amie intime d'Éva Péronne.

17. Rio de la Plata : estuaire qui forme une entaille entre l'Uruguay et l'Argentine. C'est sur ses rives qu'est né le tango argentin, à Buenos Aires (Argentine) et Montevideo (Uruguay). Il serait plus correct de dire tango « rioplatense », plutôt que tango argentin...

18. Décennie infâme : il est d'usage en Argentine de désigner par Décennie infâme (*Década Infame*) la période s'étendant du 6 septembre 1930, date du coup d'État civico-militaire qui renversa le président Hipolito Yrigoyen, jusqu'au 4 juin 1943, date du coup d'État militaire qui destitua le président en exercice Ramon Castillon. Le terme *Décennie infâme*, s'explique par la pratique systématique de la fraude électorale, appelée *fraude patriotique*, par la persécution des opposants politiques (principalement des membres de l'UCR), et par de nombreux cas de corruption qui scandalisèrent l'opinion publique argentine

19. L'âge d'or : grande période du tango (1930 à 1950)

20. Gerhard Richter : Figure majeure de la peinture contemporaine allemande. Né à Dresde en 1932.

21. Pina Bausch (1940-2009) : Danseuse-chorégraphe de la danse contemporaine allemande durant la 2e moitié du 20ème siècle et initiatrice du style « ballet-théâtre »

22. Hafid Aggoune : écrivain français né en 1973 à Saint-Étienne. Fils d'un ouvrier métallurgiste originaire de Kabyle et Andalousie et d'une ouvrière berbère et juive marocaine.

23. Bandonéon : Instrument à soufflets et à boutons (comme l'accordéon), originaire d'Allemagne. Instrument phare dans le tango argentin (bandonéon diatonique), que l'on trouve aussi dans la musique russe. Chaque bouton produit deux notes, selon que l'on pousse ou que l'on tire sur le soufflet, contrairement au modèle chromatique, où chaque bouton ne produit qu'une seule note.

24. Portègnes : habitants de Buenos Aires

25. Canillitas : les crieurs de journaux (années 20-30)

26. Rue Corrientes : l'une des rues les plus emblématiques de Buenos Aires

27. Paroles d'un tango célèbre, écrit par Carlos Lenzi & Edgardo Donato.

Remerciements :

Pina Bausch, Milan Kundera, Molière, G. Burge, Friedrich Nietzsche, Gerhard Richter, Jean Renoir, Anna Pavlova, Jean-Louis Barrault, Paulo Coelho, Hafid Aggoune, Victor Slavkine, Roberto Arlt... pour leur collaboration fructueuse et involontaire

Les danseurs et les musiciens de tango, et plus particulièrement mon oncle (violoniste et chef d'orchestre).

Les couples de maestros qui m'ont aidé à développer et à affiner mon tango et certainement aussi ma réflexion :
Gisela Passi, Rodrigo Rufino, Santiago et Erna Giachello, Adrian et Amanda Costa, Cesar Agazzi et Virginia Uvi, Sebastián Jimenez, Maria-Inés Bogado, Jenny Gil, Frank Obregón, Sandra Messina, Ricardo Calvo, pour ne citer qu'eux..

Tous ceux qui luttent pour un monde plus écologique, plus équitable, moins mercantile, moins violent, plus libre, plus démocratique...

Cet ovni littéraire n'aurait jamais pu voir le jour sous cette forme sans l'appui de leurs travaux, de leurs écrits, de leurs témoignages, de leurs luttes, de leurs passions.

Corinne, Cédric, Pierre, Roger, Gilda, pour leur modeste et fructueuse contribution dans la finalisation de ce livre.

Ce récit est une œuvre de pure fiction, néanmoins les ressemblances avec des faits, des personnages, des lieux existants ou ayant existé, ne sont ni fortuites ni involontaires.

Le code de la propriété intellectuelle interdit les copies ou reproductions destinées à une utilisation collective. Toute représentation ou reproduction intégrale ou partielle faite par quelque procédé que ce soit, sans le consentement de l'auteur, est illicite et constitue une contrefaçon sanctionnée par les articles L 335-2 et suivants du Code de la propriété intellectuelle

http://marcanstett.wixsite.com/livres-spectacles

Du même auteur :

Journal d'un pigeon voyageur - *Éditions BoD*
Roman – clin d'œil au peintre René Magritte

Bid Bang ! - *Éditions BoD*
Théâtre & arts plastiques - volet 1

Le don de l'invisible - *Éditions BoD*
Théâtre & arts plastiques – volet 2

Des vendredis dans la tête - *Éditions BoD*
Roman

Et si c'était nous *(version française)* - *Éditions BoD*
Essai – petit éloge d'un tango des sens

Y si fuéramos nosotros *(versión argentina) Éditions BoD*
Ensayo – pequeño elogio de un tango de los sentidos

Souvenir d'un coin du monde - *Éditions BoD*
Nouvelle

Histoire de Monsieur Bertrand
Nouvelle illustrée

Katzen - *Éditions BoD*
Roman

Confidences d'acteur
Théâtre-danse

Points de vue
Théâtre de l'absurde

Dans le bruissement des feuillus - *Éditions BoD*
Conte futuriste

Impression
Books on Demand, Norderstedt, Allemagne
ISBN : 9782322011063
Dépôt légal : février 2015

Réédition de mai 2019